LA CAVERNE,

OU

L'ENLÈVEMENT

DU JEUNE COMTE

HENRI D'EICHENFELS,

ET

SA RENTRÉE DANS LE MONDE.

PARIS,

SELLIGUE, IMPRIMEUR-LIBRAIRE,

RUE DES JEUNEURS, Nº 14.

1828.

LA CAVERNE.

LA CAVERNE,

OU

L'ENLÈVEMENT DU JEUNE COMTE

HENRI D'EICHENFELS,

ET SA RENTRÉE DANS LE MONDE.

CHAPITRE PREMIER.

Education du jeune Henri.

Dans un des cantons de l'Allemagne, au commencement du dernier siècle, on remarquait un antique et superbe château, situé sur la lisière d'un grand bois. Son aspect était imposant, et la haute tour qui le dominait, et qui semblait s'élancer dans l'azur du ciel, se voyait de loin, et commandait l'attention du voyageur. Cet antique manoir était la demeure du comte Frédéric d'Eichenfels et de la comtesse Adélaïde, son épouse. Un beau petit garçon, nommé Henri, était leur unique enfant, l'objet de toutes leurs pensées; sur lui reposaient leurs plus chères espérances; aussi était-il entouré de tout ce que les soins de l'amour paternel peuvent avoir de plus tendre. Mais avant que cet enfant pût prononcer le nom de son père, le noble comte dut se séparer de son épouse et de son fils, pour se rendre où l'appelait la trompette guerrière. La douce et pieuse comtesse frémit en voyant son époux se revêtir de ses armes; le comte la presse sur son cœur, remet dans ses bras son fils qu'il couvre de baisers, et s'éloigne précipitamment de la demeure de ses pères.

Pendant son absence, la seule consolation de la comtesse, l'unique plaisir qu'elle pût goûter dans sa tranquille solitude, était de soigner, de caresser son enfant. Elle ne vivait que pour lui, n'était heureuse qu'auprès de lui, et se proposait de se vouer entièrement à son éducation. Tous les désirs de son cœur se rapportaient au moment heureux où elle pourrait voler à la rencontre de son époux et lui présenter son fils chéri.

Un soir la comtesse était assise dans sa chambre et tenait son fils sur ses genoux ; Marguerite, jeune fille que la comtesse avait prise pour l'aider dans les soins qu'exigeait le petit Henri, Marguerite était auprès d'elle, et jouait devant l'enfant avec un bouquet de fleurs fraîchement cueillies. Celui-ci tendait en riant ses petites mains vers l'objet qu'on lui présentait, et la mère contemplait avec bonheur ce plaisir enfantin.

Tout à coup un écuyer du comte se présente ; il l'avait suivi dans les camps, et il apportait la triste nouvelle qu'il était dangereusement blessé, et qu'il désirait, avant son dernier moment, qui peut-être n'était pas éloigné, voir encore une fois son épouse. A ces paroles, une pâleur mortelle couvrit le visage de la comtesse : elle avait peine à tenir son enfant dans ses mains tremblantes. Le messager, observant son effroi, chercha à lui faire concevoir quelque espérance, disant qu'il était possible encore que son époux guérît ; que cependant, comme la chose était incertaine, si elle voulait sûrement le revoir, il fallait voyager jour et nuit. La comtesse se décida à partir à l'instant même. Elle pressa son enfant sur son sein, et le baigna de ses larmes. — O mon cher Henri ! lui dit-elle, tu ne sais pas le sujet des larmes de ta mère : tu perds ton père sans l'avoir connu ! Ah ! qu'il est douloureux pour moi de te laisser ici, de ne pouvoir t'emmener dans ce pénible voyage !

Marguerite, s'écria-t-elle en se tournant du côté de la jeune fille ; Marguerite, je te confie ce que j'ai de plus cher, ce que je laisse ici de plus précieux. Veille sans cesse sur mon fils ; ne l'abandonne pas un seul instant, même pendant son sommeil. Soigne-le aussi scrupuleusement que si j'étais présente. Porte-le dans le jardin lorsqu'il fait beau, surtout le matin, pour qu'il puisse y respirer un air frais et salutaire. Chante-lui quelqu'une de tes plus

jolies chansons. Lorsque tu te prome-
neras avec lui, fixe son attention sur les
objets les plus agréables. Surtout ne
laisse rien dans ses petites mains qui
puisse être dangereux, rien qui puisse
le blesser. Si tu cherches à éviter ce qui
pourrait lui être nuisible, à plus forte
raison tu ne voudrais pas lui faire de
mal; supporte les défauts de son âge,
et que son incapacité ne provoque ni
ton dépit ni ta colère. Marguerite, veiller sur un enfant est une occupation
digne des anges. Sois le bon ange de
mon fils. La femme de charge, à qui je
remets le soin de toute la maison, saura
me dire si tu as exactement suivi mes
ordres. Promets-moi que tu n'oublieras
pas mes dernières exhortations, afin
qu'au moins en ce point je puisse
être exempte d'inquiétude. Je compte-
rai toutes les heures qui précéderont

mon retour. Alors, si tu remets mon fils joyeux et bien portant dans mes bras, je saurai te récompenser comme tu l'auras mérité. —

Marguerite promit tout. La comtesse baisa son fils, le bénit, et regarda le ciel avec des yeux humides, tandis qu'elle priait intérieurement ; puis elle remit l'enfant à Marguerite, monta dans sa voiture au milieu des lamentations de ses domestiques et de ses vassaux, et partit à l'entrée de la nuit, par une forte pluie.

CHAPITRE II.

Grand malheur pour une petite désobéissance.

———

MARGUERITE était une pauvre orpheline, née à la campagne. Elle avait une figure agréable ; son humeur était égale et pleine de gaîté ; son caractère doux et pieux : c'est pourquoi la tendre mère l'avait placée auprès de son fils.

La bonne jeune fille avait promis à la comtesse de se souvenir de ses ordres, et en effet elle les suivait exactement. Il ne se passait pas un instant que les exhortations qu'elle avait reçues ne lui revinssent à l'esprit, car elle aimait sa bienfaitrice, et avait le plus grand

plaisir à soigner l'enfant qu'elle regardait comme son futur comte et
seigneur.

Un jour, Marguerite était assise et
tricotait près du petit Henri, qui som-
meillait doucement. Son berceau était
artistement tressé, et Marguerite venait
d'orner avec des roses la partie qui se
courbait en voûte sur la tête de l'enfant, afin qu'au moment de son réveil
il pût porter ses regards sur un objet
agréable. Un beau crêpe blanc le pro-
tégeait, afin que les mouches ne vins-
sent pas troubler son sommeil; et, au
travers du léger tissu, les joues du petit
Henri paraissaient plus agréables et plus
fraîches que les roses qui le couron-
naient. Au même instant, quelques
musiciens ambulans se firent entendre
devant la porte. Attirés par des sons si
joyeux, les gens du château coururent

tous ensemble, et crièrent aux musiciens d'entrer dans la salle basse; car, puisque les maîtres n'étaient pas à la maison, ils voulaient se donner une agréable après-dînée par la musique et par la danse.

Marguerite n'aimait rien tant que la musique. Elle comprit, par quelques sons qui avaient frappé ses oreilles, qu'il était venu des musiciens au château; malgré cela, elle resta tranquillement assise auprès du berceau, car elle se rappelait les paroles de la comtesse : « Tu n'abandonneras pas mon fils un seul instant, même pendant son sommeil ».

Au même moment, Georges, le jeune garçon jardinier, arrive en courant dans la chambre. — Marguerite, viens donc là-bas, lui dit-il; tu ne saurais croire comme c'est gai. Je n'ai jamais entendu

de si belle musique. Il y en a un qui
porte un timpanon, et qui frappe dessus comme s'il voulait le mettre en
pièces. Un petit garçon joue du triangle,
et n'en joue pas mal. Il y a encore un
gros joufflu, qui souffle si bien dans le
cor de poste, que le son en résonne dans
les deux oreilles presque plus fortement
que le bruit du triangle. Allons, dé-
pêche-toi. Laisse là ton ouvrage, et
descends vite avec moi.

— Ah! cela doit-être charmant, dit
Marguerite; mais je ne puis l'entendre :
je ne dois pas quitter l'enfant un seul
moment. — Ne sois donc pas si scrupu-
leuse, dit l'étourdi jeune homme. Tu
ne veux pas être la seule qui fasse la
sainte. L'enfant dort; eh bien! voyons,
peux-tu l'aider à dormir? Allons,
viens, ne te fais pas tirer l'oreille. Je te
dis que tu seras de retour dans un petit

quart d'heure. Tu ne voudrais pas me refuser une danse; oh! non, Marguerite, ce serait bien mal à toi. — Marguerite se laissa persuader, et quoique le cœur lui battît bien fort, elle consentit à descendre avec Georges. Elle eut très-peu de plaisir et beaucoup d'inquiétude. Elle voulut plusieurs fois quitter la salle, ses camarades la retenaient toujours; enfin, elle leur échappa avec force, et courut au berceau de l'enfant chéri qui lui était confié.

Mais quel effroi s'empare d'elle! Elle approche, elle regarde : le berceau est vide, l'enfant a disparu. Elle se rassure cependant, espérant que quelqu'un des gens du château l'a pris pour lui jouer un mauvais tour, et l'a transporté dans une autre pièce. Déjà la pensée que la comtesse pourrait le savoir la faisait trembler. Elle par-

court tous les appartemens , va de
chambre en chambre, et n'aperçoit nulle
part les traces de l'enfant. Une angoisse
mortelle la saisit. Elle vole à la salle
basse, et crie aux danseurs : Le jeune
comte n'est plus dans son berceau ! Qui
de vous m'effraie de la sorte? qui de
vous me l'a enlevé? — On ne peut lui
répondre ; personne n'était sorti de la
chambre, et tout le monde ignorait ce
terrible événement. La danse cessa aussitôt, et les musiciens sortirent sans at-
tendre leur salaire.

Tous les gens du château , saisis
d'un subit effroi, s'élancèrent de la salle
avec précipitation. Les appartemens furent visités, et on découvrit bientôt
qu'il manquait plusieurs choses précieuses ; ce qui donna l'affreuse certitude que l'enfant avait été enlevé.
La joie fut bientôt changée en pleurs

et en gémissemens. — Ah! Dieu! s'é-
cria la femme de charge, notre bonne
comtesse! que deviendra-t-elle en
apprenant cet affreux malheur? Elle
en mourra, j'en suis sûre! — Marguerite
était hors d'elle-même; et, dans le premier accès de son désespoir, elle se
serait sauvée et jetée dans la rivière, si
on ne l'avait retenue.

— Mon Dieu! s'écriait-elle souvent, le
cœur plein de la plus amère douleur,
qui aurait pu croire qu'une si petite
désobéissance eût eu des suites si fu-
nestes!

CHAPITRE III.

Le plus grand chagrin d'une bonne mère.

————

Tandis que tous les gens du château pleuraient et gémissaient dans la chambre de l'enfant ; tandis que Marguerite, à demi insensée, les cheveux épars, était assise sur le plancher, entourée des roses dont elle avait naguère orné le berceau du jeune comte, et jetait autour d'elle des regards sombres et égarés, tout à coup la porte s'ouvre, et la comtesse paraît.

La blessure du comte était moins dangereuse qu'on ne l'avait cru d'abord. Aussitôt qu'il se trouva hors de tout danger, la comtesse, pressée par son époux et par le désir de son cœur, entreprit le voyage du retour, et l'exécuta aussi promptement que possible, afin d'être bientôt près de son enfant bien aimé. Sauter hors de la voiture et voler à l'appartement de son fils, fut l'ouvrage d'un instant.

Il serait impossible de peindre la consternation que produisit la vue de la comtesse. Marguerite fit un cri perçant. — O Dieu! dit-elle, soutiens-nous, soutiens cette malheureuse mère! — La comtesse vit avec effroi la pâleur de la mort sur tous les visages, et Marguerite dans un affreux désespoir. Elle jette un regard sur le berceau, et n'y voit pas son enfant.

— Où est-il? où est mon fils, mon Henri? — Personne ne répond à ses demandes. Mille soupçons angoissans, mille pen-

sées effrayantes se succèdent rapide-
ment dans l'âme de la comtesse. Elle
tremble pour la vie de son fils. Elle in-
terroge de nouveau. Enfin, lorsqu'elle
eut appris la moitié de l'histoire, elle
devina le reste, et au même instant,
comme si le ciel et la terre se fussent
écroulés, elle s'évanouit, et si tous ceux
qui étaient autour d'elle ne s'étaient
hâtés de la soutenir, elle serait tombée
sur le parquet.

— O Dieu ! Dieu ! s'écria-t-elle enfin,
lorsqu'elle fut revenue à elle-même, à
quelle douleur tu m'exposes !.... Mon
enfant, mon fils chéri !.... O mon époux
bien aimé ! cette nouvelle te fera une
blessure plus profonde et plus douloureuse que l'épée de l'ennemi ! Où
es-tu maintenant, cher Henri ? dans
quelles mains es-tu tombé ? Si tu dois
croître au milieu de ces misérables,

sans instruction, sans bonnes mœurs, que deviendra ton cœur, ton caractère? Je ne puis y penser sans frémir. Ah! que ne puis-je en cet instant pleurer sur ton tombeau! ma douleur serait moins amère, j'aurais du moins la certitude que tu serais réuni aux anges, j'aurais l'espoir de te revoir un jour! Mais cette douce, cette unique consolation m'est aussi ravie. O mon cher Henri, que vas-tu devenir? —

La comtesse tombe à genoux, les mains jointes, elle lève au ciel ses yeux pleins de larmes. — O Dieu! s'écrie-t-elle, toi seul es l'unique consolation des malheureux! Mon fils, il est vrai, est arraché de mes bras, mais on ne peut le ravir de ta main. Je ne sais dans quel bois sombre, dans quelle horrible caverne il se trouve maintenant. Mais ton œil le voit en quelque lieu qu'il habite. Je suis privée du bonheur de lui prodiguer mes soins et mon amour. Toi seul, ô Dieu! toi seul peux le protéger et le soutenir. Tu entends les cris des petits oiseaux; daigne écouter aussi les plaintes de ce pauvre enfant, qui sans doute en ce moment pleure et désire sa mère. Accorde-nous, à mon époux et à moi, la grâce de supporter cette épreuve! Quoique ce soit la méchanceté des hommes qui nous ait dérobé cet ange, c'est toi qui l'as permis. Eh bien! je t'offre mon enfant en sacrifice, je te l'offre avec confiance, mais avec un cœur déchiré. Je sais d'ailleurs, je sais que sous ta main puissante, cette douleur deviendra utile à notre salut. — Ainsi se consolait cette mère infortunée.

Marguerite n'avait rien qui pût la consoler. Elle se jeta aux pieds de la comtesse. — Ah! madame, lui dit-elle d'une voix entrecoupée par ses sanglots, si je pouvais, en donnant mon sang, délivrer votre fils des mains de ses ravisseurs, je le répandrais volontiers. Faites-moi mourir, madame, j'y consens, vous le pouvez.

—Ton repentir sincère, lui dit la comtesse, mérite le pardon, et je te l'accorde; non, Marguerite, il ne te sera fait aucun mal. Tu vois cependant que ma pensée était bonne, et que mes ordres étaient sages : tu peux juger, par les suites terribles dont tu es témoin, que la désobéissance, la légèreté et le penchant à la dissipation conduisent à de grands malheurs. Regarde ces roses, elles sont flétries; la plupart de leurs feuilles sont éparses sur le plancher. Ah! il en est ainsi maintenant de tous

nos plaisirs de ce monde, ils sont flé-
tris pour toujours ! —

— Dès que la comtesse eut appris qu'il
n'y avait que peu d'heures que l'enfant
avait été dérobé, elle envoya aussitôt
une troupe de gens à sa recherche. Les
messagers revinrent les uns après les
autres ; Marguerite courait chaque fois
à leur rencontre, et ses larmes redou-
blaient lorsqu'elle les voyait revenir avec
un air triste et abattu. Enfin le dernier de tous arriva sans avoir rien dé-
couvert. Marguerite perdit toute espérance, et passait ses jours dans les
larmes et la douleur. Peu à peu elle
devint plus tranquille; mais elle était
un véritable objet de pitié; la pâleur
couvrait son visage, et l'expression de
la douleur était dans ses yeux; rien ne
pouvait l'intéresser; elle passait tout
son temps à errer comme une ombre

aux environs du château. Un jour elle disparut tout à coup, sans que personne fût informé du chemin qu'elle avait pris.

CHAPITRE IV.

La Caverne.

Une Bohémienne vieille et laide, dont les cheveux couleur de poix s'assortissaient à son visage d'un brun jaunâtre, avait dérobé l'enfant. Cette femme faisait le métier de voler, et trompait les personnes assez crédules pour l'écouter, en leur disant la bonne fortune. C'est sous ce prétexte qu'elle était déjà venue une fois au château, et qu'elle en avait profité pour examiner parfaitement toutes les issues. Elle y revint avec trois musiciens. Elle s'était entendue avec le plus âgé d'entre eux, et avait bien conçu son projet. Tandis que

les gens du château étaient attirés par les
bruyans éclats de la musique, la Bohémienne s'était glissée dans le jardin par
une petite porte pratiquée dans le mur de
clôture, et que le garçon jardinier laissait souvent ouverte par négligence. De
là elle était montée par un escalier tournant et peu fréquenté dans la chambre
du jeune comte, et l'avait enlevé avec
tout ce que sa précipitation lui avait
permis de rassembler; puis elle avait
repris la même route et s'était promptement enfuie dans le bois. Elle choisit
l'endroit le plus épais, et ce fut là
qu'elle se cacha jusqu'à la nuit avec
l'enfant. Lorsque l'obscurité le lui per-
mit, elle se remit en marche, en choi-
sissant avec le plus grand soin les chemins les plus secrets et les plus détour-
nés. Elle avait eu la précaution de se
fournir des provisions nécessaires, et

elle ne manqua de rien pendant la route. Aussitôt que l'aurore annonçait l'approche du jour, elle se cachait de nouveau parmi des buissons épais ou dans les champs de blé. Elle fit ainsi un assez long trajet jusqu'à la montagne.

Là, se trouvait sous terre une immense caverne qui faisait partie d'une carrière abandonnée depuis long-temps et à demi ruinée. L'entrée de cette caverne était si bien cachée par des quartiers de roc et des épines, qu'il était très-difficile que ceux qui n'en connaissaient pas le chemin pussent le trouver. La Bohémienne passa avec peine entre les grosses pierres et les buissons de mûres sauvages; enfin, après mille détours, elle arriva près d'une porte de fer dont elle avait la clef. Elle l'ouvrit, la referma sur elle à double tour, et marcha pendant plus d'une heure dans une longue allée qui conduisait à la caverne. Ce lieu souterrain servait de retraite aux brigands ; c'était là qu'ils se cachaient pour échapper aux recherches de la justice et à la punition que méritaient leurs crimes ; c'était là qu'ils gardaient, dans de lourdes caisses, les effets qu'ils dérobaient, tels que des habits magnifiques, de la vaisselle d'un grand prix, des bijoux, des pierres précieuses. Ces hommes avaient un aspect terrible, leurs traits grossiers et rebutans, leurs barbes longues et épaisses, et surtout l'expression de leurs physionomies auraient fait mourir de peur le petit Henri, s'il eût été dans l'âge où l'on peut connaître l'effroi.

Lorsque la Bohémienne arriva tenant l'infant dans ses bras, les voleurs étaient tous assis autour d'une espèce de table, la pipe à la bouche, et jouant aux cartes au milieu des verres et des bouteilles. Ils n'eurent pas plus tôt appris que cet enfant était le jeune comte Henri d'Eichenfels, qu'une joie diabolique parut sur leurs visages. Ils comblèrent la Bohémienne de louanges, et la félicitèrent de ce que son entreprise avait si bien réussi. Il y avait long-temps qu'ils souhaitaient d'avoir en leur puissance un enfant noble. — Tu t'es très-bien conduite, vieille grand'mère, dit le chef de la bande. Maintenant nous sommes en parfaite sûreté. Si quelque jour un des nôtres avait le malheur d'être pris, il n'aurait qu'à menacer la vie de l'enfant qui est entre nos mains, et par ce moyen le camarade serait sauvé. — Il ordonna à la Bohémienne, qui était leur ménagère, de veiller avec attention à tout ce qui était nécessaire à l'enfant, afin de lui conserver la vie et la santé.

Ce fut dans cette horrible caverne, ce fut au milieu de ces brigands, que le cher enfant grandit et développa sa raison; ce fut là qu'il apprit à prononcer les premiers mots, et qu'il reçut les premières impressions. Il n'avait aucun souvenir de sa tendre enfance, il n'avait aucune idée du soleil, de la lune, ni de toutes les choses magnifiques dont Dieu a embelli ce monde. Jamais les rayons du jour ne pénétraient dans cette demeure de l'effroi. Une lampe seule remplaçait la brillante lumière du soleil; suspendue à la voûte de la caverne, cette lampe brûlait jour et nuit, et éclairait la paroi raboteuse du rocher. Les vivres ne manquaient jamais dans ce ménage souterrain; les voleurs avaient soin de l'entretenir de pain, de viande, de légumes, ou d'autres provisions qui pouvaient se conserver; et surtout ils avaient toujours du vin en grande abondance. Un tonneau de vaste dimension était placé dans un coin; il était rempli d'eau qu'on renouvelait de temps en temps, et tenait lieu de fontaine aux habitans de la caverne. Comme il fallait aller fort loin pour se procurer de l'eau, la vieille Bohémienne en était très-avare, et recommandait toujours à Henri de tenir le robinet bien fermé. Des joncs étendus par terre, recouverts cependant d'un tapis magnifique, servaient de lits à ces misérables.

La Bohémienne soignait l'enfant, et ne le laissait manquer de rien; elle lui donnait abondamment de tout ce qui se trouvait dans la caverne. Mais elle ne l'instruisait pas, et ne lui enseignait rien qui pût lui être utile. Le pauvre petit n'apprenait ni à lire ni à écrire, et jamais ces hommes méchans ne disaient un mot de Dieu, ni de la beauté de ses ouvrages. Cependant l'un d'entre eux, c'était le moins âgé, se plaisait beaucoup avec le petit Henri. Ce jeune homme était fils d'honnêtes parens; il avait même reçu les commencemens d'une bonne éducation, mais l'insubordination, l'amour des plaisirs, et la passion du jeu, l'avaient conduit peu à peu à ce détestable genre de vie. Il avait du plaisir à jouer avec l'enfant, et chaque fois qu'il revenait, il apportait quelque bagatelle qui pût distraire et amuser Henri. Un jour il lui fit présent de plusieurs figures sculptées en bois, et très-bien coloriées; elles représentaient une bergerie, qui consistait en un troupeau de moutons, les bergers et leurs chiens. Un autre fois ce fut un jardin avec plusieurs arbres auxquels de petits fruits étaient suspendus ; il lui donna encore un petit miroir, et plusieurs autres joujoux faits pour amuser les enfans. Ce qui causa surtout une grande joie à Henri, fut une petite flûte sur laquelle le jeune voleur lui apprit à jouer un air facile. Henri n'imaginait pas qu'on pût avoir un plaisir plus agréable, et trouvait fort joli de faire répéter son petit air par l'écho de la caverne. Henri reçut encore un volume de fleurs peintes ; on lui apprit à les imiter en découpant du papier, et ensuite à les colorier ; il mettait beaucoup d'attention à ce travail, et c'est ainsi qu'il trouvait les moyens de s'occuper pendant plusieurs heures de la journée.

Ce qui lui plaisait le plus de tous ses

joujoux, était un petit portrait de sa mère que la Bohémienne avait aussi enlevé dans le château. Ce portrait était extrêmement beau , et parfaitement peint. On l'avait enfermé dans l'or et le cristal, et entouré de diamans. Henri aimait beaucoup à le considérer; mais la Bohémienne ne le lui laissait jamais que fort peu de temps, et lorsqu'elle était de très-bonne humeur.

Le jeune voleur observait souvent ce portrait, pensait à sa propre mère, et essuyait une larme secrète.—Pauvre enfant, disait-il en lui-même, qu'il est cruel de t'avoir arraché à l'amour d'une telle mère ! Quel sort différent t'était destiné, au lieu de cette épouvantable caverne ! Et ta bonne mère, que de larmes elle doit verser sur toi ! Oh ! si je pouvais te remettre un jour dans ses bras, que je le ferais volontiers ! Hélas !

moi-même je suis ici prisonnier ; mille fois je me serais échappé, si mes soi-disant amis avaient eu plus de confiance ; mais ils me surveillent avec tant de soins que mes désirs sont inutiles. —

Ce jeune homme conversait souvent avec Henri, et lui racontait plusieurs choses amusantes, mais il n'osait lui parler de la religion, de Dieu, de l'éternité ; les voleurs ne le permettaient absolument pas, car ce qu'ils craignaient le plus, c'était de réveiller la conscience.

CHAPITRE V.

Fuite.

Lorsque Henri fut devenu plus âgé, il était extrêmement curieux de savoir où allaient les voleurs. Il les priait souvent avec instance de vouloir le prendre avec eux ; mais ceux-ci le renvoyaient brusqnement, lui faisant toujours espérer que ce serait pour une autre fois.

Un jour, ces brigands s'absentèrent de nouveau. La vieille Bohémienne n'avait plus assez d'agilité pour faire sa ronde, et restait toujours à la caverne. C'était une bien triste compagnie pour un jeune garçon qui, malgré son genre de vie, était vif et gai. La vieille, toujours chagrine, était le plus souvent assise derrière un écran, à cause de ses yeux malades, raccommodant quelques vieux habits, ou comptant de l'argent sans dire une seule parole. Ensuite elle s'endormait et ronflait pendant plusieurs heures. Cette vie devenait toujours plus pénible pour Henri. Il résolut d'essayer de suivre l'allée qu'il avait vu prendre aux voleurs lorsqu'ils partaient pour leurs courses, espérant qu'il trouverait peut-être quelque changement qui rendrait sa manière d'être plus agréable.

Lorsque Henri voit la Bohémienne bien endormie, il prend courage; il allume une chandelle et entre dans l'allée sombre par laquelle il avait vu sortir les voleurs. Il marche, il avance, va toujours plus loin, et arrive enfin à la porte de fer. — Ah! s'écrie-t-il, m'y

voilà !— Aussitôt, plein de joie et d'espérance, il s'élance pour l'ouvrir. Hélas !
il a beau faire, tous ses efforts sont inutiles ; la porte est fermée par une forte
serrure, et Henri n'en a pas la clef.
Obligé d'y renoncer, il retourne triste-
ment en arrière. Mais il se rappelle que
l'allée qu'il vient de parcourir a plusieurs chemins aboutissans. Il reprend
courage, entre dans la première allée
qu'il avait remarquée, et continue sa
route.

Cette allée n'était point aussi facile
que celle qu'il venait de quitter ; à chaque instant il rencontrait de grosses
pierres qu'il fallait sauter, ou d'énormes
rocs entre lesquels il fallait se glisser.
Cependant Henri, accoutumé aux
endroits sombres et rocailleux, fran-
chissait tous ces obstacles avec intrépidité.

Après avoir marché très-long-temps,
et au moment où la chandelle presque
à sa fin était sur le point de s'éteindre,
il croit apercevoir dans l'éloignement
une autre chandelle qui brûlait; cette
circonstance redouble son courage et
sa curiosité. Il avance aussi promptement qu'il le peut, et sa surprise aug-
mente à mesure qu'il voit les rayons
rougeâtres de la lumière devenir si
grands, que cet objet lui paraît comme
une figure de feu qui se tenait debout.
Ce spectacle inconnu ne l'intimide
point, il va courageusement en avant,
et arrive enfin à une fente de rocher,
au travers de laquelle pénétraient les
feux de l'aurore. Frappé d'un éclat si
nouveau pour lui, il veut l'observer de
plus près; l'ouverture était assez grande
pour pouvoir y passer; Henri, s'aidant
des pieds et des mains, grimpe sur le rc-

cher, atteint l'ouverture, ne fait qu'un saut et se trouve en liberté!.... Mais comment peindre les sentimens d'admiration et d'extase qu'éprouva notre jeune garçon lorsqu'il sortit tout à coup de sa demeure sombre, et qu'il eut pour la première fois le magnifique spectacle des œuvres de Dieu? Un ciel bleu, des environs superbes, des coteaux rians, des montagnes boisées étalaient toutes leurs richesses et formaient un coup d'œil enchanteur; non, aucune langue ne peut exprimer ce qu'éprouva Henri dans cet instant. C'était une des plus belles matinées d'été; le soleil était sur le point de se lever, et l'orient resplendissait des plus belles couleurs d'or et de pourpre. Les forêts et les montagnes étaient légèrement voilées par les vapeurs du matin. La terre était couverte de gazon et de fleurs. Mille oiseaux chantaient dans le feuillage. Dans le vallon qui s'étendait au pied de la montagne, on apercevait un lac, dont l'eau claire et tranquille réfléchissait avec une netteté surprenante les couleurs de l'aurore et le vert sommet des montagnes.

A cette vue, Henri resta muet; un étonnement impossible à décrire le mettait hors de lui; il crut se réveiller d'un long et profond sommeil; il voulut marcher, mais ses pas étaient chancelans. Il ne pouvait assez contempler ce magnifique tableau, et fut long-temps sans trouver de paroles qui pussent exprimer son ravissement. Où suis-je ? s'écria-t-il enfin ; quel immense espace m'environne! Oh! que tout cela est magnifique! Il admirait les chênes élevés, les rochers couverts de sapins, les eaux limpides du lac, les buissons d'églantines fleuries qu'il avait autour de lui, et s'extasiait de nouveau sur chacune de ces productions de la nature. Dans ce moment, le soleil sortit de derrière une colline couverte de sapins, et parut entre deux nuages dorés. Henri considéra ce spectacle avec des yeux stupéfaits ; le soleil lui parut comme un feu qui s'élevait en brûlant, et il pensa que les nuages qu'il voyait pour la première fois allaient être consumés. Il regarda toujours fixement à la même place, jusqu'à ce qu'enfin le soleil, dégagé d'une vapeur matinale qui l'enveloppait comme une gaze légère, s'éleva dans tout son éclat au-dessus de la colline. — Qu'est-ce donc que cela ? s'écria Henri ; quelle éclatante lumière ! — Et, les yeux toujours fixés sur l'astre du jour, il tendait les bras vers cette surprenante merveille ; enfin , ébloui de son éclat, il fut contraint d'en détourner les regards.

Henri hasarda de faire quelques pas; mais il osait à peine aller plus loin, de peur de fouler les belles fleurs dont le sol était couvert. Tout à coup il aperçut un jeune agneau qui se reposait à l'ombre d'un buisson de roses fleuries. —Ah! un agneau, un agneau, s'écria-t-il tout joyeux; il est beaucoup plus grand que les miens. —Il courut à lui; mais au moment où Henri voulut le saisir, l'agneau fit un mouvement, se leva et se mit à bêler. Aussitôt le jeune garçon s'éloigna très-effrayé. —Qu'est-ce que cela? dit-il, saisi de surprise. Il vit, il peut marcher, il a une voix! Les miens ne remuent pas, ils sont comme morts, ils sont muets. Quelle chose étonnante! Qui donc lui a donné la vie? —Il pensa que, puisque l'agneau avait une voix,

il pouvait aussi parler, et il voulut commencer une conversation avec lui; il
lui fit une foule de questions, et fut à
la fin extrêmement chagrin de ce que
l'innocent animal ne lui répondait jamais que par un même cri, qu'il ne
pouvait comprendre.

Dans cet instant, un jeune berger
d'une santé florissante, aux joues roses,
aux cheveux blonds, s'approcha de
Henri. Ce jeune homme ayant aperçu
qu'il lui manquait un agneau, s'était
mis à sa poursuite. Depuis long-temps
il observait les mouvemens de l'enfant,
et ne savait quel jugement il devait en
porter. Henri s'effraya d'abord à la vue
du jeune homme, mais celui-ci l'ayant
salué d'un air amical, il reprit courage,
et s'approcha de lui.—Oh! comme tu es
beau! dit-il en passant la main sur la
joue du berger; comme tu es gracieux!

Dis-moi vite, continua-t-il, en étendant
ses bras vers le ciel et montrant ensuite
la terre, cette grande grande caverne
est-elle à toi? Est-ce que je ne peux pas
rester ici avec toi et l'agneau? Oh! dis-
moi que oui, car je préfère infiniment
ta belle caverne à la nôtre, qui est toute
noire. — Le jeune homme ne comprenait
rien à ce que lui disait cet enfant, et
commençait à croire qu'il n'était pas
dans son bon sens. Il lui demanda comment il était venu dans cet endroit.
Henri ne put lui dire autre chose, si-
non qu'il sortait d'une caverne qui était
dessous la sienne; et alors il lui raconta
tout ce qu'il savait de la vieille Bohémienne et des voleurs à longues barbes. Le jeune berger tremblait de tout
son corps; le récit de Henri lui faisait
une peur terrible. Cependant, plein de
compassion pour le jeune garçon, il le

prit sous le bras, et emportant son agneau, il s'éloigna de ce lieu aussi promptement que possible, se retournant à chaque instant pour voir s'il n'était pas poursuivi par les voleurs.

CHAPITRE VI.

L'Ermitage.

A QUELQUE distance de là, dans les montagnes, vivait un vieux et digne ermite, qu'on nommait le père Menrad : il comptait soixante-quinze ans, et il était honoré au loin, à cause de sa sagesse et de sa piété. Le jeune berger pensa qu'il ne pouvait rien faire de mieux que de conduire le petit étranger au respectable vieillard. L'ermitage était situé sur le penchant d'une montagne voisine du lac; la beauté de la vue et les environs les plus agréables rendaient ce séjour délicieux. La petite cabane de l'ermite était entourée de pampres, et couverte d'un toit fait de joncs et de mousse. Elle était placée entre des arbres fruitiers qui l'ombrageaient, et au milieu d'un jardin où croissaient les meilleurs légumes et les plus belles fleurs. Derrière la cabane s'élevait un coteau de vignes; plus loin, un petit champ de blé s'étendait le long de la montagne : tout le terrain qui pouvait se cultiver était mis à profit; s'il se trouvait un peu de terre entre deux rochers, on y voyait s'élever un arbre avec ses fruits délicieux, ou tout au moins un petit buisson de framboises ou de groseilles.

Lorsque le jeune berger entra avec Henri par le petit portail du jardin, le digne vieillard était assis sur un banc à l'ombre d'un pommier. De cette place on avait une vue magnifique sur le lac et les environs. L'ermite lisait attentivement dans un gros livre placé devant lui sur une petite table ; le peu de cheveux qui couvraient son front, et la longue barbe qui descendait sur sa poitrine étaient blancs comme la neige. Il avait un air calme, le teint frais , et même on croyait apercevoir sur ses joues les roses de la jeunesse.

A l'approche des jeunes gens, le vieillard se leva et les salua avec cordialité; il écouta avec beaucoup d'intérêt et d'attention le récit que lui fit le berger, et, le cœur plein de bienveillance pour le jeune garçon dont il venait d'entendre l'histoire, il le prit dans ses bras et lui demanda son nom. Il comprit bientôt que l'enfant avait été dérobé à des parens de haute naissance.—Laisse-moi ce jeune garçon, dit-il au berger , et pour le moment ne parle à personne de cette aventure. J'espère parvenir un jour à retrouver ses parens, et, dans ma solitude, il sera plus sûrement à l'abri de la poursuite des voleurs. Ils fuent ma retraite; je n'ai ni or ni argent; ils ne trouveraient ici que de bons conseils et des exhortations salutaires, ce qui leur vaudrait sans doute bien mieux que les richesses; mais c'est justement ce qu'ils évitent. Puis, s'adressant au jeune garçon: Sois le bien venu, mon cher Henri, lui dit-il, je veux être ton père et avoir soin de toi; dès à présent appelle-moi de ce doux nom, jnsqu'à ce que j'aie le bonheur de te remettre dans les bras de tes véritables parens. —

Le bon ermite offrit à ses convives du lait et du pain, dont ils profitèrent avec grand plaisir. Après que le jeune homme se fut rafraîchi, il reprit son bâton de berger pour retourner auprès de son troupeau. Lorsque Henri s'aperçut de son intention, il se mit à pleurer et à s'attacher à ses habits pour l'empêcher de partir; mais le jeune homme lui promit qu'il reviendrait bientôt ; et, pour adoucir ses regrets, il lui fit présent du petit agneau. Henri redevint tranquille, et témoigna la plus grande joie d'être possesseur du charmant animal : ce présent était à ses yeux d'un prix inestimable.

CHAPITRE VII.

Le Soleil et les Fleurs.

LORSQUE le jeune homme fut parti, le vieillard s'assit sur le banc, et invita amicalement Henri à se placer auprès de lui, afin de causer ensemble. — Dis-moi, cher Henri, lui dit le bon vieillard en lui prenant la main, ne pourrais-tu pas me dire quelque chose de ton père et de ta mère ? Ne sais-tu absolument rien de ce qui les concerne ?

— Oh ! oui, dit Henri avec un air de plaisir, j'ai ici une très-jolie petite mère ; voyez, elle est dans ma poche. — Il sortit aussitôt le portrait de sa mère renfermé dans un bel étui de maroquin rouge; il y avait peu de temps qu'il s'en était emparé à l'insu de la Bohémienne.

Le pauvre petit n'avait jamais vu ce portrait à la lumière du soleil ; il fut étonné de sa beauté , et de l'éclat des diamans qui l'entouraient ; dans cet instant ils brillaient de tous les feux de l'astre du jour.

— Comme tout est beau chez toi, mon père ! Je pense que c'est à cause de cette superbe lampe qui est là-haut, dit-il en montrant le soleil. Qui est-ce qui a allumé cette belle lampe d'or qui fait tout briller autour d'elle? Je ne puis pas même la regarder, son éclat est trop brillant. Celle de notre caverne est si laide, elle paraît trouble en comparaison de celle-là. Comment se fait-il, mon père, qu'elle monte plus haut, et toujours plus haut? Lorsque je l'ai vue pour la première fois , elle s'élevait derrière une colline , et en très-peu de temps elle était parvenue à une telle hauteur, que je n'aurais pu l'atteindre, même en montant sur le plus grand arbre. Comment se fait-il qu'elle puisse planer librement et se remuer ? J'ai beau regarder, je ne vois nulle part la corde à laquelle elle doit être suspendue. Qui donc la pousse ainsi? et qui peut monter là-haut pour y mettre de l'huile fraîche ? —

Le père Menrad sourit aux questions de l'enfant. Il lui dit que cette belle et grande lumière se nommait le soleil , et que depuis un temps mille fois plus long que la vie de Henri , elle marchait toujours de même, et brûlait continuellement sans avoir besoin d'une seule goutte d'huile.

— Je saurai peut-être un jour ce

que tu me dis-là, mon père; mais à présent je ne le comprends pas. Quelles fleurs magnifiques tu as ici! continua-t-il en courant vers les plates-bandes, dont chacune ressemblait à une corbeille de fleurs. Oh! comme elles sont bien peintes de rouge, de jaune et de bleu! comme ces innombrables petites feuilles sont légères et jolies! De quoi sont faites toutes ces feuilles? ce n'est pas de papier? oh! non; de soie? non plus. Dis-moi, mon père, as-tu fait toutes ces feuilles? Ah! si c'est toi, tu as dû travailler bien long-temps! On voit dans quelques-unes des filets si délicats, qu'ils échappent presque à la vue. Il a fallu de bons yeux et des ciseaux excessivement fins pour réussir dans cet ouvrage. Je sais ce que c'est, j'ai fait aussi des fleurs, mais point aussi belles que celles-là.

—Je le crois, dit Menrad, aucun homme ne peut faire de pareilles fleurs : elles sortent elles-mêmes de la terre. —Oh ! mon père, cela ne peut pas être, dit Henri, et j'aime beaucoup mieux croire que c'est toi qui les as faites. — Menrad lui montra alors une de ces jolies capsules qui contiennent la graine des pavots ; il secoua les petites semences rondes sur la main de Henri. — Tu vois ces graines, mon ami, lui dit-il, eh bien ! elles renferment un quautité de ces belles fleurs rouges qui sont ici. On sème dans la terre ces petites graines ; au bout d'un certain temps, il en sort une petite plante, qui peu à peu grandit et se développe jusqu'au moment où elle produit enfin ces belles fleurs qui excitent ton admiration. Il en est de même pour toutes les autres fleurs. — Le jeune garçon regarda fixement le vieillard, ne sachant s'il parlait sérieusement.—Mais, mon père, comment se peut-il que d'une si petite boule il puisse venir une si grande et si belle fleur? il faudrait alors que cette petite graine fût arrangée avec plus de soins que la montre la mieux travaillée. —C'est aussi la vérité, dit Menrad. — Mais qui a donc fait cette petite boule? Il serait, ce me semble, plus facile de faire toutes ces fleurs qu'une seule petite graine comme celle-ci, qui, dans un espace si resserré, en renferme d'aussi belles et d'aussi grandes. — Henri observa de nouveau les fleurs; il visita toutes les plates-bandes qui faisaient l'ornement du jardin, et ne pouvait se lasser de les admirer. Pendant ce temps, le soleil avançait dans sa course; Henri sentit l'influence de ses rayons. — Ah! quelle chaleur a cette lampe, s'écria-

t-il : elle est si loin , et nous réchauffe cependant si fort ! Quelle lumière extraordinaire ! — Menrad ramena le jeune garçon sous le pommier, qui étendait un
doux ombrage sur la table et sur le banc.
— Cet endroit-ci est bien frais et bien
agréable, dit Henri en levant la tête et
regardant le grand pommier ; cet arbre
est justement comme un toit de verdure
qui nous protége non seulement contre
la vive lumière , mais encore contre la
chaleur de la grande lampe. Combien
de mille feuilles il porte, et comme il
est grand ! Je vois bien, dit-il en examinant de près , que le tronc est fait
de bois ; mais je ne suis plus si disposé à
croire que c'est toi qui as fait cette multitude de feuilles et de fleurs , le travail
serait vraiment trop considérable.

CHAPITRE VIII.

Les Légumes et les Arbres.

———

Lorsque le soleil fut à peu près à la moitié de sa course, le vieillard rentra dans la cabane, afin de préparer leur petit repas. Il apporta pour Henri du lait et du pain ; puis du miel , du beurre, et une charmante petite corbeille pleine des plus belles pommes. Il apporta pour lui des racines, des légumes, un beau melon d'un jaune doré, et un peu de vin rouge dans une bouteille de verre. Henri trouva tout excellent. — Mon père, où prends-tu donc toutes ces bonnes choses, demanda-t-il au vieillard? vas-tu aussi dehors pour voler?—

Le père Menrad l'assura qu'il n'avait jamais rien volé. Il lui raconta alors comment tout cela croissait merveilleusement.—Vois cette pomme, dit-il, que je prends dans cette corbeille, elle vient de l'arbre qui nous protége maintenant contre la chaleur du soleil. De ses branches minces et déliées, sortent de temps en temps de belles pommes comme celles-ci, et en si grande abondance, qu'on peut en remplir bien des corbeilles comme celle que tu as devant toi. — Cela peut-il être vrai? dit Henri d'un air incertain.—Pour toute réponse, le vieillard le prit dans ses bras, l'éleva à une certaine hauteur, et courbant une branche, il lui montra la petite pomme verte qui s'y trouvait attachée. — Regarde, dit-il, voilà une petite pomme;

tu vois comme elle sort de cette petite branche; chaque jour elle deviendra plus grosse, et enfin aussi grosse et aussi bien colorée de rouge et de jaune, que celles qui sont sur la table. Tout ce grand arbre, ajouta Menrad en coupant la pomme qu'il destinait à Henri, tout ce grand arbre vient d'un petit pepin tel que celui que tu vois ici sur le couteau. J'ai connu cet arbre qu'il n'était encore que pepin. Dans chaque pepin est enfermé un arbre pareil, et même une infinité d'arbres; et d'un seul pepin, il peut venir une si grande quantité de pommes, que le monde entier ne pourrait les contenir, et qu'un homme ne saurait les compter.

Le pain vient aussi d'un petit grain, dit Menrad en montrant à Henri quelques grains de blé qu'il avait apportés de la cabane; il en est de même de ces grains que des petits pepins de pommes et de la graine des fleurs. D'un seul grain de blé nous pourrions avoir plusieurs milliers de pains comme celui qui est ici.—Menrad lui décrivit alors avec détail comment croissait le blé, et comment on parvenait à en faire du pain. Tandis qu'il parlait, il lui montrait de loin son champ de blé où naguère on ne voyait que des mottes d'une terre brune, et qui maintenant était couvert d'épis jaunissans. Henri courut à l'endroit où croissait le blé; et à sa grande joie, il trouva dans chaque épi de pétits grains comme ceux que lui avait montrés le père Menrad. — C'est de la même manière, mon cher Henri, lui dit l'ermite, que viennent tous les arbres et toutes les plantes. Aussi loin que tes regards peuvent s'étendre, tout ce que tu aperçois, le gazon que nous

foulons aux pieds, les buissons de roses
fleuries qui embellissent ce jardin, les
graines innombrables qui croissent
pour notre nourriture, la vigne dont
les rameaux flexibles entourent la cabane, et qui couvre la colline, le chêne
majestueux, le sapin de la montagne,
la petite mousse qui croît sur la branche
de ce pommier; tout ce qui verdit, tout
ce qui fleurit, est produit par de petites
graines.

Tout ce que tu vois ici sur la table
nous vient de la même manière; le lait
et le beurre viennent de l'herbe, le miel
des fleurs, le pain nourrissant, le vin
fortifiant, tous les légumes, tous les
fruits, les branches dont on a si joli-
ment tressé cette petite corbeille, le
bois dont on a fait avec adresse ces as-
siettes et ces gobelets, la table même et
le banc qui nous sert de siége, tout cela

vient de semblables petites graines. Je n'ai eu besoin que de les mettre en terre pour avoir des pommiers ou tel autre arbre fruitier, et pour faire sortir cent mille épis. C'est ainsi que j'ai embelli ma retraite, qui était précédemment un désert, et que j'y trouve non seulement ce qui est nécessaire à la vie, mais encore le superflu. —

Toutes ces choses étaient des merveilles incompréhensibles pour le jeune garçon ; autant il avait été extasié en voyant pour la première fois les beautés de la création, autant les récits de l'ermite le jetaient dans l'étonnement et l'admiration.

CHAPITRE IX.

Les Sources et la Pluie.

CEPENDANT le soleil en s'éloignant avait laissé les plates-bandes dans l'ombre. Menrad s'aperçut que quelques fleurs qu'il aimait particulièrement, avaient un peu souffert de la chaleur du jour; et quoiqu'il espérât une pluie prochaine, il voulut cependant, par une sage précaution, arroser ses fleurs favorites. Il prit son arrosoir d'une main, Henri de l'autre, et s'achemina vers une source qui jaillissait avec abondance de l'ouverture du rocher.

À ce spectacle, Henri ne put retenir un cri.—Mon père, dit-il, en frappant ses mains l'une contre l'autre, mon père, quelle prodigieuse quantité d'eau il sort de cette pierre! A chaque instant je crois qu'elle va cesser de couler, et chaque instant semble augmenter sa force. Qui donc a mis tant d'eau dans ce rocher, et où la prend-t-on pour l'apporter ici? Montre-moi où est le robinet, mon père; j'irai bien vite le fermer, comme je le faisais dans notre caverne; il faut épargner l'eau davantage, ou tu n'en auras bientôt plus.—Sois tranquille, lui dit Menrad; cette eau coule depuis aussi long-temps que le soleil luit sur la terre, sans que jamais personne ait besoin d'en porter un seau. Ce lac si clair et si tranquille que tu as pris tout à l'heure pour un grand miroir, n'est autre chose que de l'eau.

—Cela est-il bien possible? dit Henri en se rapprochant du vieillard. Que tu es heureux, mon père, de posséder un pareil rocher! Et il ne pouvait détourner ses regards de la belle source, qui donnait de l'eau si claire sans qu'on prît la peine de l'entretenir.

Menrad reprit son arrosoir plein d'eau, revint au jardin, et commença à arroser les fleurs. Henri observait tous ses mouvemens; il voit tomber les premières gouttes, soudain il s'élance près de Menrad et lui retient la main. —Ah! mon bon père, lui dit-il avec un air d'inquiétude, que fais-tu là? Tu perdras tes fleurs, toutes leurs jolies couleurs s'en iront, et ce serait grand dommage, car elles sont si belles!—Calme tes craintes, lui dit Menrad en souriant; les fleurs, les légumes, les épis, les arbres, toutes les plantes, ont une espèce de vie; et de même que l'homme a besoin de boire pour se rafraîchir et se désaltérer, ainsi les plantes ont besoin d'eau pour se ranimer et conserver leur vigueur. Vois ces fleurs; elles n'élèvent plus comme ce matin leurs tiges élégantes; elles sont penchées vers la terre, et leur feuilles paraissent flétries; c'est parce qu'elles ont besoin d'eau; et, bien loin de perdre leurs couleurs, en les arrosant elles deviendront plus belles. —Mais, dit Henri, qui peut porter assez d'eau pour arroser toutes les plantes? et chaque fois que ces grands arbres en ont besoin, vois, mon père, ceux qui sont là-haut sur le sommet de ces montagnes, qui est-ce qui a le courage de monter pour y porter l'eau nécessaire? —On a pourvu à tout cela, dit Menrad; mais de quelle manière? c'est ce que tu verras peut-être plus tôt que nous ne le pensons, ajouta-t-il en regardant les nuages qui s'avançaient. —

En effet, après quelques momens, un gros nuage qu'on avait aperçu de loin arriva sur la montagne et s'étendit peu à peu. Une pluie douce et fine commença de tomber; bientôt après, elle devint très-forte, et ce fut une véritable averse d'été. C'était pour Henri un spectacle des plus étonnans; il le contempla pendant quelques instans, le regard fixe et en silence; puis il s'écria : — Oui, je le vois, c'est très-bien inventé; et cela t'épargne beaucoup de travail, mon père; car la chose est si bien arrangée, que l'eau tombe en mille et mille gouttes, comme si elles sortaient de l'arrosoir. Dis-moi, mon père, qui fait donc venir cette chose merveilleuse que tu appelles nuée? Qui porte tant d'eau là-haut? Comment se fait-il que les nuées

se soutiennent si facilement sans tomber sur la terre? — Tu l'apprendras,
mon cher enfant, dit Menrad. — Henri
considéra encore long-temps les nuages, il ne les perdit pas de vue, jusqu'à
ce que s'étant enfin complétement dis-
sipés, le ciel redevint d'un beau bleu.

La journée se passa bien vite au milieu de tant d'objets nouveaux, qui faisaient naître dans l'âme de Henri l'é-
tonnement, la joie et l'admiration. Cent
choses devenues indifférentes aux hommes par l'habitude, étaient pour le
jeune garçon autant de merveilles qui
l'enchantaient.

Il admirait la cantharide aux ailes
d'un vert doré, se reposant sur la feuille
d'une rose; l'escargot rayé, grimpant
sur le tronc de l'arbre après la pluie; les
gouttes brillantes qui, suspendues à
chaque feuille, paraissaient autant de

diamans. Il respirait à peine en écoutant une fauvette qui entonnait sa délicieuse chanson du soir, et voltigeait gaiement de branche en branche; et lorsque sur le soir les chèvres de l'ermite redescendirent de la montagne, ce fut amusant et intéressant pour le vieillard, de voir l'effet que produisit sur Henri la vue de ces animaux si étrangers pour lui. Le bon père était accablé de questions, et il y répondait selon sa prudence. Enfin, le soleil ayant terminé sa carrière, se coucha de l'autre côté du lac. Henri fut très-effrayé et courut se jeter dans les bras de l'ermite. — O mon bon père! s'écria-t-il avec émotion et presque les larmes aux yeux, mon bon père! qu'allons-nous devenir? Voilà la lampe du soleil qui se plonge dans l'eau; elle va s'éteindre, cela est sûr, et tout notre plaisir sera fini. Lors même que nous allumerions une autre lampe, elle nous serait d'un fort petit secours dans un espace aussi vaste. — Menrad pressa Henri dans ses bras et l'embrassa tendrement. — Rassure-toi, mon fils, lui dit-il, sois sans inquiétude; voici le moment où nous allons goûter les douceurs du sommeil, et pour cela nous n'avons pas besoin de lumière. Lorsque nous nous serons assez reposés, alors le soleil reparaîtra de nouveau, et sortira entre ces montagnes, au côté opposé à celui où tu viens de le voir disparaître. Il marche ainsi sans s'arrêter un seul moment; et, décrivant toujours un cercle, il réchauffe et ranime tout ce qu'il éclaire de ses rayons bienfaisans.

CHAPITRE X.

La plus importante demande et la plus sage
réponse.

Henri recommença ses premières
questions; il trouvait que l'ermite n'y
avait pas pleinement satisfait; mais c'é-
tait avec intention que cet homme
sage avait plutôt cherché à exciter chez
le jeune garçon un désir toujours plus
vif de savoir quelle était la main puissante qui nous avait comblés de si
grands et de si merveilleux bienfaits.
— Mon père, lui demandá Henri, qui
est-ce qui a allumé le soleil, et comment se fait-il qu'il tourne toujours?

Qui est-ce qui a bâti là-haut cette immense et belle voûte? Qui l'a peinte d'un si beau bleu? Dis-moi encore, qui a renfermé tant d'eau dans cette grosse pierre que nous avons vue? Comment cette eau peut-elle couler si abondamment et sans discontinuer? Qui est-ce qui dirige la course des nuages et les soutient si légèrement dans l'air? Quelle est la main qui arrose toutes les plantes avec cette multitude de gouttes brillantes? Je voudrais bien savoir encore qui apprend aux oiseaux à jouer de si jolis airs, sans avoir besoin d'une flûte; et quel est celui qui a caché les arbres et les plantes dans de si petites graines, de manière qu'en mettant les graines en terre, l'arbre ou la plante sort justement à la place et à l'endroit que tu le désires. Qui est-ce qui a couvert le terrain de ce beau tapis de gazon et de fleurs? Où est-il, mon père, celui qui a tout si bien et si magnifiquement arrangé?.... Tu le sais, ne me le cache pas, je t'en prie; il doit être si bon! je voudrais bien le connaître.

— Tu penses donc, lui dit Menrad, qu'il existe quelqu'un qui doit avoir fait ce bel arrangement?

— Oh! rien n'est plus certain, dit Henri; celui qui en douterait n'aurait point de bon sens. J'ai vu les hommes de la caverne qui est au-dessous de la tienne, je les ai vus obligés de travailler très-long-temps pour l'agrandir un peu. Une fois la voûte menaçait de s'écrouler, et ce ne fut qu'après bien du travail et beaucoup de peines qu'ils parvinrent à la soutenir. Dans cette grande et belle voûte, je n'ai pas vu encore un seul pilier. Notre lampe ne brûlait pas d'elle-même, et si nous ne voulions pas être dans l'obscurité, il fallait avoir soin d'y mettre souvent de l'huile fraîche. Le tonneau qui renfermait l'eau qui nous était nécessaire avait besoin d'être rempli de nouveau, si nous ne voulions pas souffrir de la soif. Il faut beaucoup de soins et d'attention pour découper une seule fleur; je m'y suis souvent appliqué, et je sais combien cet ouvrage est difficile. Je comprends, mon père, que tout ce qui nous entoure ne peut être l'ouvrage des hommes. Quel est donc celui qui a fait toutes ces choses? Voilà justement ce que je voudrais savoir; voilà ce que je te prie instamment de me dire. —

Henri avait constamment les yeux fixés sur le vieillard. Il était comme subjugué par la foule de prodiges qu'il rencontrait partout. Il brûlait du désir de connaître le grand bienfaiteur de qui provenaient toutes ces richesses, et attendait avec impatience les paroles qui sortiraient de la bouche du pieux ermite.

Menrard le voyant si vivement touché de la grandeur, de la beauté et du magnifique arrangement de l'univers, pensa que le moment était favorable, et qu'il pouvait parler de Dieu à cet enfant dont le cœur était si bien disposé ; qu'il pouvait lui faire connaître sa toute puissance, sa sagesse et sa bonté infinies.

Ce fut avec un profond respect, avec une voix émue, avec des yeux pleins des larmes de l'attendrissement, que le vieillard prit la parole. — Tu as raison, mon cher Henri, il est un Être qui a tout créé. Il est un Être tout puissant, tout sage, tout bon, de qui toutes choses dépendent, et qui a aussi donné la vie aux hommes et aux animaux ; et cet Être nous l'appelons Dieu, notre père, qui est au ciel. —

A ce nom prononcé avec tant de respect, Henri éprouva une émotion presque involontaire. Le même sentiment qui avait excité en lui tant d'extase, lorsque le matin il avait vu pour la première fois le soleil se lever et animer tous les alentours de ses rayons vivifians, le même sentiment d'étonnement et d'admiration pénétra dans son âme avec les paroles du bon ermite. La pensée de Dieu s'éleva, pour ainsi dire, dans son cœur, comme un soleil qui éclairait et animait toute la création de sa plus ravissante lumière, et qui lui faisait voir l'étendue des bienfaits d'un père rempli de la plus immense bonté.

— Oui, mon cher Henri, continua

Menrad qui remarquait avec joie l'é-
motion du jeune garçon; oui, Dieu est
celui qui a donné l'existence à tout ce
que tu vois. Il a formé cette belle voûte
bleue, que nous nommons le ciel. Il a
allumé le soleil, et il dirige la course de
cet astre, qui non seulement nous découvre les beautés des œuvres de Dieu,
mais encore nous éclaire dans nos oc-
cupations; et qui, par la chaleur de ses
rayons, mûrit et attendrit les fruits,
comme le feu attendrit les mets. C'est
Dieu qui nous donne, pour nous désaltérer, d'abondantes sources d'eau qui
jaillissent du sein de la terre. Il a étendu
à nos pieds ce tapis de gazon parsemé
de fleurs. Il donne à ces dernières leurs
doux parfums et leurs belles couleurs.
De la dure motte de terre il fait sortir
le pain avec abondance. C'est pour nous
que le vin croît sur les coteaux. C'est

Dieu qui charge les branches des arbres des fruits de toute espèce. Des flots de lait coulent, pour ainsi dire, de nos vallées. Il revêtit d'une douce laine l'agneau qui se repose ici à tes pieds; c'est avec cette laine qu'on fit ton habit et le mien. Dieu nous donne tout ce dont nous avons besoin pour nos demeures, pour nos vêtemens et pour notre nourriture. S'il a créé pour nous un si beau monde, c'est afin que nous nous réjouissions dans ses ouvrages, que nous l'aimions, et que nous désirions aller un jour auprès de lui dans un monde bien plus beau que celui-ci, et où nous jouirons du plus grand bonheur. Nous ne pouvons pas voir Dieu maintenant, mon cher Henri, et cependant il nous voit partout; il entend chacune de nos paroles, il connaît même nos pensées. A chaque instant nous pouvons nous entretenir avec lui. C'est lui qui dirige tout notre sort. Il t'a sauvé de la caverne, et t'a conduit dans mes bras. Il est notre plus grand bienfaiteur, notre bon père, notre meilleur ami. —

Henri écoutait le pieux vieillard avec la plus grande attention ; il ne perdait pas une seule de ses paroles. Il en était extrêmement touché, et tout ce qu'il entendait se gravait profondément dans son âme.

Pendant ce discours, la nuit était venue sans que Henri l'eût remarqué. La lune, qui dans la journée s'apercevait à peine comme un nuage léger, planait maintenant dans l'azur du ciel, et brillait de l'éclat le plus pur au-dessus du lac. Elle était entourée d'une multitude d'étoiles étincelantes, et le lac, aussi uni qu'un miroir, répétait avec fidélité les beautés du firmament; on croyait découvrir deux cieux avec leurs lunes et leurs étoiles, le regard se perdait dans l'infini. Aucun zéphyr ne balançait le feuillage; il régnait dans la nature un silence solennel et majestueux.

Un sentiment inconnu s'était emparé du cœur de Henri; ce sentiment était celui de la piété, de l'adoration et de la présence de Dieu. Le digne vieillard observait attentivement le jeune garçon, et lisait facilement dans son âme ingénue. Menrad prit ce moment pour faire sa prière du soir; il joignit les mains, éleva les yeux au ciel, et commença à prier à haute voix. Henri, entraîné par le sentiment qui l'inspirait, imita le vieillard; et, pour la première fois de sa vie, éleva aussi les mains vers le ciel. Il répéta à demi-voix toutes les pa-

roles du vieillard. Les larmes de la reconnaissance coulaient avec abondance
sur ses joues ; il pensait que Dieu ,
qu'il n'avait pas connu jusqu'alors ,
lui avait cependant fait du bien toute
sa vie.

Après que le vieillard eut terminé sa
prière , Henri , au grand contentement
du bon ermite , ajouta de son propre
mouvement , les paroles suivantes :
« O Dieu tout bon ! je te remercie
» aussi de ce que tu m'as tiré de cette
» horrible caverne , pour me conduire
» auprès de cet excellent homme qui
» me raconte de toi des choses si belles
» et si réjouissantes. »

Le père Menrard embrassa tendrement Henri ; et , le prenant par la
main , il le conduisit dans la cabane ;
là , il lui prépara un lit de mousse , il
étendit un tapis dessus , et lui donna

son propre manteau pour couverture.
Henri trouva son lit excellent; et, après
avoir souhaité une bonne nuit à Menrad et lui avoir exprimé sa reconnaissance, il s'endormit le cœur plein des
plus belles images et des plus douces
pensées.

CHAPITRE XI.

Voyage dans la Montagne.

Menrad crut devoir, sous plusieurs rapports, garder le jeune garçon chez lui, pendant l'été ; il se trouvait par ce moyen à portée de l'instruire davantage, d'effacer les impressions fâcheuses qu'il avait reçues, et de changer les habitudes qu'il avait contractées dans la compagnie des brigands. Il pensa aussi, et avec raison, qu'une nourriture simple et le bon air de la montagne fortifieraient le jeune garçon, que le séjour de la caverne avait rendu extrêmement pâle ; que ce serait rendre service aux parens, dont la joie serait augmentée, en revoyant leur fils bien portant.

En effet, comme le bon ermite l'avait prévu, la santé d'Henri s'améliora chaque jour ; il reprit toute la fraîcheur de son âge, et redevint beau comme une rose aux rayons du soleil levant.

On était au milieu de l'automne. Le bien-être du jeune élève ne laissait rien à désirer, et grâces aux instructions du respectable vieillard , son intelligence s'était heureusement développée.

Menrad avait jadis beaucoup voyagé, et avait visité différens pays ; mais, depuis long-temps retiré du monde, il ne quittait sa retraite que pour aller dans les environs visiter et consoler ceux qui avaient besoin de son secours et de ses lumières. Il se décida cependant à reprendre son bâton et son sac de voyage, pour retourner parmi les hommes, afin de découvrir, s'il était possible, les parens du jeune Henri. Menrad connaissait le père du berger qui avait conduit Henri dans sa retraite. Afin d'exécuter plus facilement son projet de voyage, le bon ermite avait prié cet honnête laboureur de prendre Henri dans sa chaumière jusqu'à ce qu'il eût terminé ses recherches ; la demeure du brave homme était située assez loin sur la montagne, et Menrad se proposa d'y conduire son fils adoptif avant de commencer son voyage.

Ce fut dans une belle matinée d'automne, lorsqu'à peine l'étoile du matin avait disparu de l'horizon, que Menrad réveilla Henri, et lui annonça le départ. Le jeune garçon avait été instruit la veille du projet de l'ermite ; il ne se fit pas presser, et fut bientôt prêt à partir. Mais avant de se mettre en route, Menrad le conduisit à la chapelle ; et, s'étant mis tous deux à genoux, le vieillard prononça une prière courte, mais fervente, pour demander à l'Être-Suprême de vouloir bénir leur voyage et lui donner un heureux succès. Après être redescendus à la cabane, ils déjeunèrent gaîment. Menrad prit sur son dos le sac de voyage, qui contenait les provisions nécessaires pour la route, et se mit en chemin avec Henri, qui l'accompagna d'un cœur bien joyeux. Les voyageurs n'avaient d'autre route que des sentiers montueux et solitaires, fréquentés seulement par des bergers ou des chasseurs de chamois. Cependant ils avançaient avec célérité, et Menrad égayait le chemin par des récits amusans.

Il était environ midi lorsqu'ils arri-

vèrent près d'une paroi de rocher au-
dessus de laquelle on voyait un troupeau de chèvres gravir les pointes du
roc, et se suspendre aux buissons pour
en brouter les jeunes branches. Au
pied du rocher se trouvait un beau
tapis de gazon. Menrad et Henri choi-
sirent cet endroit pour se reposer; et
s'étant assis sur l'herbe, l'ermite tira de
son sac de quoi faire un petit repas. A
peine avaient-ils commencé, que Henri
entendit un léger bruit dans le feuillage; il se leva aussitôt, espérant que
c'était peut-être une chèvre qui était
descendue du rocher; et, comme il aimait beaucoup celles du bon ermite,
il se réjouissait de voir celle-ci, et de
lui donner un morceau de son pain;
mais il n'eut pas avancé deux ou trois
pas, qu'il fit un grand saut en arrière;
un objet tout nouveau avait frappé ses

regards. — Oh! mon père, mon père, s'écrie-t-il, viens donc voir. Oh! la plaisante rencontre! un petit homme pas plus grand que moi! Comme il est joli! Je ne savais pas qu'il y eût plusieurs petits hommes, je croyais être le seul sur la terre; mais j'aime bien mieux qu'il en soit autrement. —

Tandis que Henri témoignait ainsi sa surprise et sa joie, le jeune garçon, qui était le berger des chèvres, s'approcha du père Menrad et lui baisa la main. Le bon ermite était connu à plusieurs lieues à la ronde, et sa présence était toujours un bonheur. Henri prit aussi la main du petit berger, en disant : — Oh! tu viendras avec nous, petit homme, je t'en prie; cela me paraît fort amusant de me trouver avec toi, et je t'aime déjà beaucoup. — Le petit berger demanda au père Menrad de

porter son sac de voyage, et courut à
la cabane pour en obtenir la permission
de son père; il fut bientôt de retour,
et ils continuèrent gaîment leur chemin. Henri ne remarqua plus rien sur
la route; toute son attention était fixée
sur le petit berger; il s'entretenait avec
lui sans discontinuer, et lui témoignait,
dans tous ses discours, le plaisir qu'il
avait à le voir.

Les voyageurs arrivèrent dans une petite vallée située entre deux rochers
élevés; cette vallée offrait un coup d'œil
agréable par la fraîcheur de sa verdure
et les contours d'un ruisseau qui l'arro-
sait; c'était dans ce lieu qu'habitait
l'homme à qui Menrad voulait confier
Henri pendant quelque temps. L'ermite aperçut un troupeau de moutons,
et dirigea ses pas de ce côté. Henri eut
un plaisir extrême à voir les petits

agneaux âgés seulement de deux ou trois jours ; il les prenait dans ses bras, les caressait et leur prodiguait les noms les plus tendres, tandis que le vieillard regardait çà et là, pour découvrir le berger du troupeau. En avançant, il se trouva près d'un rocher qui, se prolongeant en avant, formait une espèce de grotte, d'où sortait une source d'eau claire. Une jeune fille était assise à côté de la source ; elle avait dans une main un bâton de berger, et dans l'autre, au grand étonnement du père Menrad, elle tenait un livre qu'elle paraissait lire avec beaucoup d'attention. La jeune fille était si profondément occupée de sa lecture, que l'ermite eut tout le temps de la considérer avant qu'elle eût soupçonné sa présence. Elle avait un habillement blanc, et sur la tête un chapeau de paille attaché avec un ruban vert. Sa physionomie était extrêmement douce; on y remarquait cependant l'expression d'une douleur tranquille. Menrad s'approcha d'elle, et quoiqu'elle ne l'eût jamais vu, elle le reconnut aussitôt, d'après la description qu'on lui en avait faite. Elle se leva soudain et le salua avec respect et confiance. — Jeune fille, lui dit Menrad, il n'y a pas longtemps que tu pais ce troupeau, car j'ai vu il y a peu de jours l'homme auquel il appartient, et il ne m'a pas parlé de toi. — Je garde les moutons depuis plusieurs années dans ces montagnes, répondit la jeune fille; mais je ne suis que depuis trois jours au service du brave homme que je sers maintenant. — D'où es-tu? et quelle est la cause de la tristesse que j'aperçois sur ton visage?

A ces paroles, la jeune fille fondit en larmes. — Hélas! dit-elle en gémissant, mon village est bien loin d'ici. Une étourderie de jeunesse m'a précipitée dans le plus grand malheur.

J'étais autrefois au service de dignes et d'excellens maîtres. Mais, hélas !... par légèreté, par inconséquence, j'ai abandonné un seul instant leur fils unique qui m'était confié ; des voleurs ont saisi ce moment et l'ont enlevé. Je ne pouvais plus supporter la tristesse de sa tendre mère ; je ne pouvais plus être chaque jour le témoin de ses douleurs, et j'ai fui dans les montagnes. Je prie Dieu soir et matin, afin qu'il veuille réparer le mal que j'ai fait, qu'il veuille rendre l'enfant à la lumière du jour, et changer en contentement le profond chagrin de sa mère. Dieu aura pitié des larmes que je répands, elles n'ont d'autres témoins que lui et les rochers qui m'environnent. —

Le discours de la jeune fille fit naître dans l'âme du père Menrad une émotion qu'il eut beaucoup de peine à cacher. — Ma fille, lui dit-il, je pense que Dieu a exaucé ta prière, et qu'il te donne, en ce moment, un sujet de le bénir pendant toute ta vie. — Il sortit alors le portrait de la mère de Henri, qu'il avait pris avec lui, espérant, par ce moyen, découvrir plus facilement ses parens. — Connais-tu ce portrait? dit-il en le montrant à la jeune fille. — A cette vue, Marguerite, car c'était elle, pousse un cri d'effroi. — Dieu! c'est le portrait de la comtesse d'Eichenfels, la mère de Henri, de cet enfant remis à mes soins, et qu'on ravit si inhumainement à notre amour. — Et elle retomba, en fondant en larmes, sur le siége qu'elle venait de quitter.

Henri était accouru au cri de Mar-

guerite. Il observa avec une extrême surprise cette nouvelle figure. — Oh! mon
bon père, dit-il à Menrad, comme cette
grand'mère est plus douce et plus jolie
que celle de la caverne. — Il s'approcha
d'elle, et lui dit, d'un ton plein de compassion : pourquoi pleures-tu, petite
grand'mère? Tu as faim peut-être.
Tiens, j'ai ici deux pommes et un morceau de pain; mange-les, et tu ne pleu-
reras plus.

— Bénis Dieu, dit Menrad; le voilà
cet enfant que tu pleures; cet enfant
qui a été dérobé avec le portrait dès
l'âge le plus tendre, et qui a coûté tant
de larmes à sa mère. — Quoi! dit Marguerite avec des yeux étonnés; quoi! ce
serait-là cet Henri que j'ai tant pleuré!—
Alors, le cœur plein de la plus vive joie,
elle tombe à genoux, et s'écrie en éle-
vant les mains au ciel : — O Dieu tout

bon, Dieu miséricordieux, tu as exaucé la prière que je t'adressais nuit et jour. Reçois aussi maintenant l'expression de ma vive gratitude ; et, quoique je ne puisse pas l'exprimer d'une manière digne de toi, aie-la cependant pour agréable, car mon cœur en est pénétré. — Elle se releva, prit Henri dans ses bras, et l'embrassa en sanglotant. Dieu te bénisse mon cher Henri, lui-dit-elle. Il t'a rendu à nos vœux. Mais quoi ! n'est-ce point une illusion ? est-ce bien toi que je tiens dans mes bras ? Puis, le contemplant de nouveau : Oui, c'est toi ; oui, tu es Henri ; je retrouve en toi les nobles traits de ton père ; tu lui ressembles comme une goutte de rosée ressemble à l'autre. Oh ! quelle joie pour ta tendre mère ! Réjouis-toi aussi, Henri ; réjouis-toi, tu reverras ton père, tu recevras les baisers de ta mère, et je réparerai par mes soins et mon dévouement tout le mal que je t'ai fait. — Henri rendait à Marguerite une partie de ses caresses ; il éprouvait surtout une grande joie de l'idée qu'il aurait le bonheur de revoir bientôt ses parens.

Le père Menrad essuya ses yeux mouillés de larmes, et s'écria : — Sois béni, ô Dieu tout bon ; ta sage providence a veillé avec soin sur cet enfant. Tu sèches les pleurs de cette jeune fille, qui les répandait sans cesse en ta présence. Tu rends à de bons parens leur fils chéri, leur unique enfant. Tu couronnes aussi mes premiers pas d'une bénédiction particulière, et tu m'épargnes, à moi vieillard, des recherches longues et pénibles. Que ton secours et ta miséricorde soient à jamais loués !

Après avoir ainsi exprimé sa reconnaissance, Menrad, suivi d'Henri et de Marguerite, dirigea ses pas du côté de la cabane des bons paysans ; elle n'était éloignée que d'une demi-heure. Le petit berger qui accompagnait Menrad s'offrit de garder pendant ce temps les moutons de Marguerite.

Lorsque Menrad fut près de la maison, le paysan et sa femme sortirent, et vinrent à sa rencontre avec empressement. — Est-ce mon père? Est-ce ma mère? demanda aussitôt Henri. — Non, mon ami, lui dit Menrad ; ce sont de bonnes gens qui veulent bien te recevoir pour quelques instans. — Quel dommage que ce ne soient pas là mes parens, dit Henri, ils ont l'air si bons ! je suis sûr que mon père et ma mère ne pourraient l'être davantage, et je serais très-volontiers resté avec ceux-ci. — Ils entrèrent dans la cabane où on leur

offrit tout ce qu'on aviat de mieux. Mem-
rad profita de ce moment pour instruire la famille de ce qu'était Marguerite, et du changement que sa présence
avait apporté dans ses projets, puisqu'à
présent ils allaient partir tous ensemble
pour le château d'Eichenfels. Le bon
père de famille engagea son fils à accompagner les voyageurs; c'était celui
qui avait conduit Henri pour la première fois chez le bon ermite. Menrad,
après avoir remercié ses hôtes du bon
accueil qu'il avait reçu, renvoya le petit berger des chèvres, en lui recomman-
dant de venir le voir à l'ermitage. Henri
eut bien de la peine à le laisser partir.
Les voyageurs se remirent en route; et,
vers le soir, ils atteignirent le bas de la
montagne, et arrivèrent dans un large
vallon. Henri fut bien surpris de voir la
quantité de maisons qui formaient le

grand village où ils s'arrêtèrent pour passer la nuit. Le lendemain, au lever de l'aurore, ils partirent dans un char de paysan, que le bon jeune homme savait très-bien conduire. Ils espéraient arriver le soir du troisième jour au château d'Eichenfels.

CHAPITRE XII.

Événement imprévu.

———

La première journée se passa très-heureusement. Henri voyait fuir derrière lui les châteaux et les villages ; la rapidité de la course, et les variétés des objets qui se succédaient, lui procuraient une joie inexprimable. Dès qu'il apercevait la tour d'un château sur quelque montagne éloignée, il s'informait si ce n'était pas là le château de son père.

La plus grande partie du jour suivant fut encore très-agréable ; mais environ une heure avant le coucher du soleil, nos voyageurs furent obligés de traverser un bois fort épais, et qui était décrié pour les vols qui s'y commettaient fréquemment. Les chemins étaient si mauvais que le char n'avançait qu'avec beaucoup de peine. Pour comble de disgrâce, le ciel, qui s'était couvert peu à peu, annonça bientôt un orage terrible; en effet, il ne tarda pas à éclater dans toute sa fureur. La force du vent faisait craquer les arbres de la forêt et semblait vouloir les déraciner; le temps devint si effrayant, et la nuit si obscure, qu'ils furent contraints de chercher un asile dans une petite auberge située au milieu du bois, et d'y passer la nuit. On leur servit ce qui se trouva dans le buffet; et, après un très-mince repas, chacun se retira pour aller se reposer, afin de repartir le lendemain à la pointe du jour. Les trois jeunes voyageurs, fatigués de la route, s'endormirent bientôt d'un profond sommeil. Menrad n'avait pas voulu se séparer d'Henri et l'avait pris dans sa chambre; il entendait avec plaisir sa respiration longue et douce; ce qui lui donnait lieu de penser que le repos dont il jouissait était calme et tranquille. Menrad seul était encore debout dans la maison; assis près d'une petite table, sur laquelle il avait posé sa sa chandelle, il s'occupait à lire et à prier; et la petite pendule de bois sonna minuit, qu'il méditait encore.

Le plus grand silence régnait dans l'auberge, lorsque tout à coup il y eut un grand bruit devant la maison; plusieurs grosses voix d'hommes se firent entendre. Ces hommes frappaient à coups redoublés contre la porte, et ordonnaient impérieusement qu'on vînt leur ouvrir.

Tous les gens de la maison furent réveillés par le bruit et extrêmement effrayés. Menrad sortit aussitôt de sa chambre : au moment où il ouvrait sa porte, il rencontra Marguerite. — Ah Dieu ! s'écria-t-elle, qu'allons-nous devenir ? si ce sont les voleurs qui viennent de nouveau se saisir du jeune comte, nous sommes perdus ! — Menrad lui ordonna de se taire et de descendre promptement. Tous les gens de l'auberge tremblaient comme la feuille agitée par le vent, et personne ne voulait se hasarder d'aller ouvrir. Cependant on frappait toujours plus fort, et on faisait un grand tapage, menaçant d'enfoncer la porte si on ne l'ouvrait à l'instant. La pluie abondante qui tombait, et le vent qui soufflait avec une extrême violence, rendaient la scène encore plus effrayante.

Menrad était plein de courage. — Mes amis, dit-il aux gens qui l'entouraient, cette porte est pour nous un trop faible rempart et ne peut nous protéger ; Dieu seul est notre protecteur et notre bouclier : nous sommes tous sous sa main. Essayons si nous ne pouvons pas traiter à l'amiable et calmer ces hommes furieux. — Chacun fit son possible pour le détourner de ce dessein, en lui représentant tous les dangers qu'il y aurait à courir. Menrad persista, et ce fut avec calme et fermeté qu'il ouvrit la porte de la maison.

Quatre hommes d'une taille gigantesque, portant de grandes barbes noires et armés jusqu'aux dents, se présentèrent devant lui. L'un d'eux tenait au bout d'un bâton une torche enflammée. Ils ne purent se défendre d'un mouvement de surprise en voyant le vénérable père Menrad, dont la figure si noble et si douce inspirait toujours le respect. Cependant ils entrèrent fièrement, et dirent avec des voix de tonnerre : — Qu'on mette de suite toutes les chambres de la maison à notre disposition, notre seigneur et maître arrive à l'instant même avec le reste de ses gens, et la maison entière doit être à ses ordres. — Qui est votre seigneur ? leur demanda Menrad. — Le noble comte d'Eichenfels, répondirent-ils, grand à la guerre et vaillant dans les combats. — Ce nom fait tressaillir le père Menrad; il peut à peine croire ce qu'il entend : c'est le père de Henri, il n'en peut douter; il va le voir, il va lui présenter son fils. Quel moment pour tous trois ! Mais il cache sa joie, il n'en découvre rien à personne, et fait plusieurs questions aux guerriers. Il apprit que le comte, après avoir été guéri d'une blessure assez dangereuse, n'avait point voulu quitter l'armée, mais qu'il avait continué de combattre pour la gloire et la sûreté de son pays. Les braves avaient réussi; la paix venait de se conclure, et le comte revenait dans ses foyers avec ceux qui n'avaient pas succombé aux frontières de la Turquie. La nouvelle de la paix remplit de joie tous les cœurs; et chacun dans la maison s'empressa de servir ces braves guerriers. Ceux-ci s'étaient complétement radoucis, et s'excusèrent sur le mauvais temps de leur conduite peu modérée. — Pendant un si terrible orage et par une pluie si abondante, dirent-il, on doit pardonner même à des guerriers s'ils ne restent pas volontiers devant la maison. — Ils racontèrent alors qu'ils s'étaient égarés dans le bois, et qu'ils n'auraient sûrement pas trouvé cette habitation, si la lumière qu'ils avaient aperçue ne leur eût servi de conducteur pour retrouver le bon chemin.

La petite circonstance de la chandelle qui brûlait tandis que Menrad priait encore, et qui avait conduit le comte dans cette maison justement lorsque son fils s'y trouvait, n'échappa pas à la remarque du pieux vieillard. Il regarda cet événement comme une direction de la Providence. Il était accoutumé à la reconnaître dans tout ce qui lui arrivait, et il remercia Dieu de tout son cœur d'avoir donné une si heureuse fin à cette journée.

CHAPITRE XIII.

Joie paternelle.

Le bruit des pieds des chevaux résonna bientôt sur le pavé, et annonça l'arrivée du comte, qui en effet entra peu après. C'était un homme d'une très-belle taille, d'une physionomie noble et d'un abord doux et prévenant. Chacun s'empressa de lui offrir les hommages qui lui étaient dus, et à le servir de son mieux. Dès que le comte se fut débarrassé de son manteau et qu'il eut aperçu le père Menrad, il s'approcha de lui, et l'engagea, avec un ton de bienveillance et de respect, à l'accompagner dans la chambre qu'il devait occuper. Le comte fit asseoir le bon ermite, qu'il connaissait de réputation, et donna ordre qu'on apportât de son propre vin ; il en offrit le premier verre au digne vieillard, et but cordialement à sa santé. — Soyez de tout mon cœur le bien venu, bon père, lui dit le comte. Après la fatigue d'une si longue route, après avoir essuyé un si terrible orage, il est sans doute agréable de trouver un abri, et un lieu où l'on puisse prendre quelque repos. Cependant, je vous l'avoue, mon père, la vue de votre pieux et noble visage me fait encore plus de bien ; elle réjouit mon âme, et me dispose à vous ouvrir mon cœur. Vous le voyez, mon père, tous mes gens sont joyeux de ce qu'après avoir éprouvé tous les dangers des combats, ils retournent chez eux bien portans. Et moi, leur chef, comme cela ne se voit que trop souvent dans le monde, seul je suis triste au milieu de leur joie. Loin d'éprouver le même bonheur, je crains d'arriver chez moi. Je crois que de grands chagrins m'y attendent. Mon épouse, il est vrai, est en bonne santé ; mais j'ai des inquiétudes mortelles sur le sort de mon fils unique. Depuis très-long-temps mon épouse ne me donne de lui que des nouvelles peu satisfaisantes ; et, en particulier, elle me mande dans sa dernière lettre que vraisemblablement je ne pourrai plus revoir mon fils en ce monde. Cette pensée me tourmente. Père Ménrad, vous êtes connu d'un grand nombre de chevaliers, vous avez été vous-même autrefois un vaillant homme de guerre ; vous voilà maintenant en voyage, et peut-être venez-vous de loin. Dites-moi, mon digne

père , ne pouvez-vous me donner aucune nouvelle d'Eichenfels? personne
ne vous a-t-il instruit de ce qui s'y
passe? Ah ! si vous ne pouvez rien m'ap-
prendre qui calme mes inquiétudes , ne
me refusez pas au moins vos consolations. —

Le bon père Menrad sentait toute
l'émotion de la joie la plus vive , et
l'expression du bonheur se répandit sur
tous ses traits. — Soyez tranquille, mon-
seigneur, dit-il au comte, soyez joyeux ;
je puis vous donner de bonnes nouvelles, et même les meilleures. Votre
fils est bien portant; c'est le plus ai-
mable enfant que j'aie vu de ma vie.
— Quoi ! vous le connaissez? s'écria
le comte avec chaleur. — Oh ! très-bien,
et je suis même instruit d'une grande
partie des choses qui lui sont arrivées
pendant votre absence. — Ah ! mon bon

père ; s'écria le comte en saisissant les mains du vieillard, ne me laissez pas ignorer plus long-temps ce que je désire si ardemment connaître ; parlez, je vous en conjure !... —

Menrad raconta alors, au grand étonnement de celui qui l'écoutait, tout ce qu'il savait de l'histoire de Henri. Le comte croyait rêver ; il interrompait à chaque instant Menrad pour savoir si la chose était réelle. Alors, pour confirmer son récit, Menrad lui montra le portrait de la comtesse. — Ah ! c'est elle, s'écria le comte ; c'est bien elle, à moins que le chagrin n'ait altéré les beaux traits de son visage. Chère et intéressante épouse, combien elle a dû souffrir ! Son cœur a besoin de tout le bonheur dont elle va jouir. Mais où donc est mon fils ? où l'avez-vous vu

pour la dernière fois? où l'avez-vous
laissé?

—Votre fils, répondit Menrad, votre
fils! il est ici. — Ici, dans cette maison?
— Et le comte se leva si promptement,
que son siége en fut renversé. — Et tu ne
me l'as pas dit tout de suite, mon père!
Viens, viens, conduis-moi promptement
près de lui. Je veux le voir, le presser
dans mes bras. —

Menrad prit la chandelle sur la table,
et conduisit le comte dans la chambre
où dormait son fils.

Le jeune garçon reposait du doux
sommeil de l'innocence, et paraissait
beau comme un ange. Son père ne pouvait assez le contempler. — Cher Henri!
disait-il en le regardant, il est bien vrai
que Dieu envoie à ses enfans le bonheur
pendant leur sommeil. — Le comte était
extrêmement ému; des larmes cou-

5*

laient le long de ses joues, et à peine pou-
vait-il proférer une parole. — Ah! dit-
il enfin, lorsque je partis pour la guerre,
je laissai cet enfant au maillot, et maintenant le voilà devenu un beau jeune
garçon. O mon épouse bien aimée, ma
noble amie, je comprends tes lettres
maintenant, et je te remercie du ména-
gement avec lequel tu m'as épargné une
douleur aussi déchirante. Henri, mon
cher Henri, continua-t-il en prenant
son fils par la main et l'embrassant
doucement, réveille-toi, mon fils. Vois,
c'est ton père qui t'embrasse. — Henri se
mit sur son séant, se frotta les yeux et
regarda fixement son père, car il ne
pouvait sitôt chasser le sommeil de ses
paupières. — Es-tu mon père? dit-il alors
avec un charmant sourire et en lui ten-
dant la main : adieu, mon bon père;
et ma mère, est-elle aussi avec toi? Le

comte, pour toute réponse, le prit dans ses bras et versa les plus douces larmes. — La sage providence t'a merveilleusement sauvé, dit-il en pressant ce fils chéri contre son cœur. Je ne puis assez remercier ce Dieu tout bon qui te rend à notre amour. — Ni moi non plus, dit Henri. O mon père! comme Dieu est bon envers nous, de nous donner une si grande joie! —

Le comte fut extraordinairement réjoui, lorsque Henri fut tout-à-fait réveillé, et qu'il eut repris sa gaîté ordinaire. Il éprouvait un plaisir inexprimable du naturel et de la vivacité de ses demandes et de ses réponses. — O Menrad! dit-il au bon ermite, combien je vous dois de reconnaissance! Ah! tout mon comté serait encore trop peu pour récompenser l'instruction que vous avez donnée à mon fils. —

Pendant ce temps, Marguerite s'était glissée dans la chambre, et se tenait tremblante dans l'éloignement. Le comte la remarqua; et, la saluant avec bonté, il lui tendit la main. — Va, ma fille, lui dit-il, reprends courage. Dieu a exaucé ta prière; nous allons retrouver le bonheur. — Marguerite ne put répondre que par ses larmes. — Mais quant aux ravisseurs de mon fils, continua-t-il avec une grande indignation, ils doivent être sévèrement punis, non seulement pour cette mauvaise action, mais encore pour toutes celles qu'ils ont commises. — Il donna dans la nuit ordre et plein pouvoir aux plus résolus de ses gens de les aller chercher jusque dans leur retraite, et de les amener prisonniers au château.

Il revint ensuite auprès de son fils, et se serait entretenu toute la nuit avec lui, si Menrad ne lui eût rappelé qu'ils avaient tous besoin de prendre du repos, afin de partir le lendemain avec l'aurore pour arriver dispos et joyeux à Eichenfels.

CHAPITRE XIV.

La bonne mère consolée.

PENDANT ce temps, la bonne et noble comtesse vivait dans son château d'Eichenfels, le cœur plein de tristesse et de douleur. Elle avait bientôt appris la nouvelle de la paix; mais cette pensée lui arrachait des larmes amères. — Ah! disait-elle souvent, que je suis malheureuse! un événement qui remplit tout le monde de joie me cause un chagrin que je puis à peine supporter. Chaque femme de soldat, quelque pauvre qu'elle soit, se réjouit du retour de son mari, et lui prépare la plus agréable réception. Et moi! je ne puis penser sans effroi à l'arrivée de mon époux. Dieu! quel chagrin l'attend! Comment pourrai-je lui faire ce terrible récit! Oh! il n'y aura plus pour nous deux un seul instant de bonheur dans ce monde.

— Ce fut dans ces pensées déchirantes que la comtesse passa tout le temps qui précéda l'arrivée de son époux. Elle était continuellement dans une angoisse inexprimable. Elle ne trouvait nulle part ni adoucissement ni repos.

On la voyait parcourir les appartemens, monter à la chapelle, ou se promener dans le jardin d'un air agité. Dans quelque lieu qu'elle fût, elle élevait son cœur à Dieu. Elle le priait, dans la pensée que lui seul dirige le sort des humains, et qu'il peut donner une heureuse issue à l'événement qui d'abord paraît le plus funeste. C'était seulement dans la prière que la comtesse trouvait quelque adoucissement à ses peines. Elle venait de s'asseoir dans le pavillon le plus sombre du jardin; et, après avoir pleuré amèrement, elle s'écria: O Dieu tout bon! aie pitié de mon époux, et mets fin à mon effroyable tourment. Fais que notre réunion ne soit pas sans quelque joie.

Tu as eu sans doute les vues les plus sages en séparant le père, la mère et l'enfant, et en les dispersant dans le monde. Je t'implore maintenant pour que tu nous rendes ce cher enfant; rassemble-nous encore tous les trois. Tu as déjà essuyé tant de larmes; sèche aussi les miennes. Tu es le père des miséricordes; et changer en joie la douleur, c'est ta plus chère occupation. O mon père! mon bon père, je suis pécheresse, je le sais; mais je suis aussi ta fille, et j'ose te nommer mon père, par l'ordre consolant de ton fils bien aimé. O père des consolations, tu m'aimes sûrement plus que je n'aime mon fils. Écoute-moi; exauce ma prière ardente, et ne repousse pas ton enfant, ta fille, qui n'a de ressource qu'en toi!

Tandis qu'elle priait ainsi, elle croit entendre un léger bruit. Elle se lève aussitôt, regarde, et aperçoit... à peine peut-elle en croire ses yeux... elle aperçoit Marguerite, qui venait d'arriver avec les autres voyageurs, et descendait l'allée sombre et voûtée qui conduisait au pavillon. Un rayon d'espérance fit palpiter le cœur de la comtesse, lorsqu'elle reconnut Marguerite, et qu'elle remarqua sur son visage un air serein et content. Elle crut voir un ange du ciel venu pour la consoler. — Eh quoi!

6

je te revois! s'écria-t-elle. Ah! pourquoi m'as-tu quittée? Je t'avais pardonné. Mais d'où vient cette expression de bonheur qui ranime tes traits abattus? Marguerite, que viens-tu m'annoncer? — O excellente et gracieuse comtesse, répondit Marguerite, je vous apporte les nouvelles les plus réjouissantes de votre cher Henri. — Mon fils!... — Il vit, et bientôt vous le reverrez. — O mon Dieu! je te rends grâces. Mais dis-moi, dis par quelle aventure?... Comment as-tu connaissance?... Parle, achève... — Marguerite entreprit alors de raconter tout ce qu'elle savait; mais à peine avait-elle commencé son récit, que le vénérable Menrad entra dans le pavillon. Sa vue fut un nouveau bonheur pour la comtesse. Menrad lui parla de son époux, et lui confirma ce que Marguerite lui avait dit de son fils. En homme pru-

dent, il sut amener les choses et conduire tout si sagement, que l'espérance
et la joie pénétrèrent doucement dans
le cœur de la comtesse. Elle devait revoir dans quelques jours son époux et
son fils; elle entrevoyait encore des
jours de bonheur; et, du fond de son
âme, elle remerciait Dieu de ce qu'il
daignait lui en accorder encore. Rani-
mée par cette douce espérance, elle se
sentit de nouvelles forces. Elle engagea
le père Menrad à la suivre; elle voulait
le conduire dans la chambre qu'elle occupait autrefois avec son fils. Elle s'a-
vance près de la porte, et à l'instant où
elle l'ouvre, son époux vole à sa rencontre, en tenant son fils dans ses bras.
Quel moment pour la comtesse!... A
peine a-t-elle la force de prononcer : ô
mon fils! ô mon époux! Elle tombe
dans les bras du comte, et pleure long-

temps en silence. Mais les douces larmes qu'elle répand en pressant son époux et son fils dans ses bras soulagent son cœur et en effaceut les impressions d'un long chagrin. — Oui, je puis mourir, s'écria-t-elle enfin ; j'ai assez vécu, puisque je vois cet heureux moment. Avec quelle merveilleuse sagesse Dieu a tout dirigé ! Je tremblais, cher époux, je frémissais à la pensée de ton retour, puisque je ne pouvais te présenter notre fils chéri ; et maintenant, au premier instant du revoir, je le retrouve dans tes bras ! O Dieu ! pendant tout le temps de ma vie je ne pourrai assez te rendre grâces de ce que tu as donné une si heureuse fin à nos longs malheurs ! Non, désormais, je ne refuserai plus aucune douleur ; car tu fais tourner toutes choses au bien de ceux qui t'aiment.

Oh! mon Henri, quel heureux développement s'est opéré en toi! Cher époux, quel heureux moment Dieu nous a préparé! Il nous a séparés tous les trois pour un temps, mais il a merveilleusement effectué notre réunion. A lui soit honneur, louange et reconnaissance.—Tous les trois versaient des larmes de joie et de gratitude. Marguerite pleurait et riait en même temps; et le père Menrad était profondément ému.

Après ces premiers élans de la joie la plus vive, le calme revint peu à peu. Henri raconta alors son histoire à sa mère. Il le fit avec tant de sentiment et de vivacité, que la bonne mère en fut émue et enchantée.

Henri peignait surtout vivement l'impression qu'il reçut, lorsqu'il vint pour la première fois sur la surface de la terre. Mais il décrivit encore avec plus de joie, avec toute l'expression d'un sentiment profond, ce moment à jamais gravé dans sa mémoire, où le digne Menrad lui avait fait connaître Dieu. Tandis qu'il parlait, sa figure animée, et les larmes qui brillaient dans ses yeux, trahissaient l'émotion de son cœur. — Vraiment, dit le comte, je désirerais maintenant avoir passé mon enfance dans une caverne. Accoutumés à la vue magnifique des œuvres du Créateur, leur aspect nous touche peu, l'habitude est chez nous la mort de toute vie de l'âme. Si nous pouvions, lorsque nous avons atteint l'âge de raison, venir tout à coup comme Henri à la connaissance des œuvres de Dieu, quelle forte impression elles feraient sur nous ! O Dieu ! comme nous serions étonnés de ta puissance, ravis de ta sagesse et réjouis de ta bonté! comme nous serions sensibles à la beauté de ton ciel, et à toutes les merveilles de la terre! Tes louanges sortiraient alors plus pures de nos cœurs attendris, car tout ce qui vient d'un cœur touché est digne de toi!...

— Tu as raison, cher époux, dit la comtesse; je crois aussi qu'en passant de ce monde dans celui qui est à venir, nous éprouverons le même étonnement, la même extase, que notre cher fils a éprouvée lorsqu'il est sorti de sa demeure souterraine, et qu'il a vu pour la première fois les richesses de la création. Les joujoux qu'Henri possédait dans la caverne, ses fleurs, ses agneaux, ses arbres qui lui faisaient un si grand plaisir, n'étaient cependant que des images bien imparfaites des magnifiques ouvrages de Dieu. Ainsi, toutes les beautés visibles, tous les plaisirs de ce monde, sont à peine une ombre des beautés et des plaisirs du ciel. La plus grande joie sur la terre est de revoir nos bien-aimés après une séparation longue et douloureuse; c'est véritablement un pressentiment de la joie du ciel, lorsque nous retrouverons nos bien-aimés, pour ne nous en séparer jamais. Je le sens à cette heure : oui! revoir ceux qu'on aime est un bonheur céleste! —

CHAPITRE XV.

Le bien récompensé et le mal puni.

———

Au bout de quelques jours, un des hommes d'armes du comte arriva au château d'Eichenfels, et annonça à son seigneur et maître que les brigands avaient été pris sans qu'il en fût échappé un seul; car on les avait trouvés tous réunis dans la caverne. Il ajouta que vraisemblablement il ne s'écoulerait que quelques heures avant leur arrivée.

En effet, vers cinq heures du soir, on vit arriver les voleurs dans la cour du château; ils étaient liés deux à deux, et accompagnés des hommes vaillans que

le comte avait mis à leur poursuite. Un
char suivait le cortége. Il était rempli
des caisses qui conténaient les objets
précieux que les voleurs avaient déro-
bés. La vieille Bohémienne, l'air con-
fus et la tête baissée, était assise sur le
devant du char.

Ces misérables n'avaient jamais pensé
à faire des recherchés pour retrouver
l'enfant qu'ils avaient perdu ; car la
porte de fer était restée exactement fermée, et l'ouverture du rocher par lequel il sortit leur était absolument in-
connue. L'allée qui y conduisait tombait en ruines, et était extrêmement
dangereuse ; ils ne s'y étaient jamais ha-
sardés ; c'est pourquoi ils ne doutèrent
pas qu'Henri ne fût tombé dans un immense précipice qui venait de l'ancienne
carrière, ou qu'il n'eût été enseveli sous
quelque décombre. À leur entrée à Ei-

chenfels, ils furent comme pétrifiés, en
apercevant le jeune comte auprès de son
père sous le portique du château. Ils ne
pouvaient comprendre comment il avait
pu s'échapper. — Mille verrous ! s'écria
le chef plein de chagrin et de dépit,
nous étions persuadés qu'aucun homme
dans le monde ne pouvait nous surpas-
ser en ruse et en intrépidité; et maintenant nous sommes vaincus et mis aux
fers par un enfant ! On a bien raison de
dire : lorsqu'un voleur doit être pris,
un boîteux suffit pour l'atteindre. Le
musicien qui avait joué du tympanon
était au nombre des prisonniers. — Nous
avons dérobé cet enfant, dit-il à demi-
voix à son compagnon, afin qu'il nous
fût un jour un moyen de secours, et
maintenant il cause notre ruine. Ah !
ajouta-t-il en soupirant, je reconnais
trop tard que celui qui forme de mau-

vais complots et qui les exécute, trouve toujours à la fin qu'il a mal fait son compte. —

Le plus jeune voleur, qui avait été si amical avec Henri, n'avait pas entièrement perdu tout bon sentiment. Il s'écria tout haut : — Dieu a voulu que cet enfant s'échappât; il l'a protégé dans sa fuite; et quoique cet événement doive causer ma mort, je me réjouis de ce qu'il vit, et de ce qu'il est rendu à ses parens. Dieu montre ici toute sa puissance; l'innocent est sauvé, les coupables punis. O ma mère! continua-t-il avec l'accent de la douleur, que n'ai-je écouté vos conseils ! Je suis maintenant forcé de reconnaître la vérité de vos paroles, lorsque vous me disiez : Quand le méchant pourrait se cacher dans le sein de la terre, la justice

de Dieu l'atteindrait, et lui donnerait
la punition qu'il mérite. —

Lorsque Henri vit ce jeune homme
enchaîné, il fut touché jusqu'aux larmes, et pria instamment son père d'é-
pargner celui qui lui avait fait tant de
bien, et témoigné un si grand intérêt.
Le comte répondit qu'il ne promettait
rien pour le moment, mais qu'il le trai-
terait aussi doucement qu'il serait en son
pouvoir. Les voleurs subirent tous un
interrogatoire, par lequel on fut con-
vaincu que le jeune homme n'avait jamais attaqué la vie de personne, mais
qu'il avait été plutôt le domestique : il
ne fut pas condamné à périr, mais à
passer toute sa vie en prison. Le comte
intercéda pour lui, afin qu'on adoucît
la punition. Il obtint que le jeune
homme resterait détenu jusqu'à ce
qu'il eût donné des preuves suffisantes

de son amendement ; qu'ensuite on l'enverrait dans une maison de travail, où, après avoir passé quelques temps, il pourrait retourner dans sa famille. — Tu vois, lui dit le comte au moment où l'on allait le conduire en prison, tu vois que si le mal est puni, le bien ne reste point sans récompense. Tu dois l'adoucissement de ta peine à l'amitié que tu as témoignée à mon fils. Oui, ce que tu as fait pour mon enfant, je veux le rendre à ta mère et à toi. Pense à elle, corrige-toi, afin que je puisse bientôt lui rendre son fils digne de sa tendresse.

Les autres voleurs reçurent la punition que méritaient leurs crimes, et perdirent la vie sur un échafaud.

Quant à la vieille Bohémienne, elle fut renfermée dans une maison de correction. Le comte rechercha avec beaucoup de soin les propriétaires des effets volés , et tous ceux qu'on put découvrir reçurent ce qui leur appartenait. Les objets qui ne furent pas réclamés furent vendus , et le comte employa cet argent à faire bâtir une grande maison pour y élever des orphelins. Marguerite reprit sa place auprès de la comtesse ; et, après de longue douleurs , elle eut le bonheur de voir encore des jours calmes et heureux.

Georges, le garçon jardinier, qu'on avait depuis long-temps congédié , à cause de sa légèreté et de sa négligence, s'adonna toujours plus à la boisson et à l'amour du plaisir. Une mort prématurée, fruit de son intempérance, termina ses jours au milieu des plus belles années de sa vie. Le jeune berger , qui était venu de la montagne , retourna chez ses parens, après avoir été richement récompensé.

Le comte aurait bien voulu retenir auprès de lui pour toujours le bon père Menrad; mais le digne ermite ne se laissa pas persuader de changer sa cabane contre le château du comte. Après un séjour de quelques semaines, il parla de reprendre le chemin de la montagne. — Mon désir est de vouer à Dieu le reste de mes jours, dit-il, et je crois que je puis le faire beaucoup mieux dans ma solitude. J'ai vécu assez long-temps dans le monde; une longue expérience me l'a fait connaître, et je crois que se préparer pour un monde meilleur est ce que nous avons de mieux à faire dans celui-ci.

Ce ne fut qu'avec beaucoup de peine que le comte et la comtesse cédèrent aux raisons du père Menrad. Henri ne voulait pas y consentir, et il éprouva un vif chagrin lorsqu'il fallut absolument le laisser partir. Les adieux furent extrèmement tristes. Le digne vieillard, en prenant congé d'eux, leur donna sa bénédiction. Le comte, la comtesse et leur cher Henri, le cœur profondément ému, l'accompagnèrent jusque sous la porte du château où la voiture l'attendait. Il y monta, et les regardant avec amitié : — Adieu, mes amis, leur dit-il, que la paix du Seigneur soit avec vous ! nous serons un jour réunis dans le ciel. Et la voiture partit.

Le comte et la comtesse jouirent enfin d'un bonheur sans mélange. Leur cher Henri leur procurait chaque jour de nouvelles jouissances par le développement de sa raison et de son esprit, mais surtout par une vivacité de sentiment qu'il conserva toute sa vie. Tant que vécut le bon ermite, ils firent chaque année un pélerinage à la montagne : ils ne manquaient jamais d'aller visiter la petite chapelle; là ils offraient ensemble une prière d'actions de grâces pour la protection signalée que Dieu avait accordée à leur cher fils. Henri conserva toute sa vie un amour sincère pour Dieu et pour la religion; et cet amour devint encore plus vif lorsqu'il eut appirs à connaître l'immense bienfait de la rédemption, procuré par les souffrances et la mort de notre bon Sauveur. Lorsqu'il fut appelé à subir quelque épreuve, il priait, il espérait, et disait en son cœur :

Ah ! pour celui qui l'invoque au besoin ,
De l'Éternel le secours n'est pas loin.

FIN.